João Pedro Roriz

# O MISTÉRIO DAS QUATRO ESTAÇÕES

2ª edição / Porto Alegre-RS / 2020

*Para Bruno, eternizado aos 19 anos.*

**3ª PARTE: INVERNO**
21 de junho a 20 de setembro de 1985
PÁGINA **49**

**4ª PARTE: PRIMAVERA**
21 de setembro a 20 de dezembro de 1985
PÁGINA **75**

**EPÍLOGO**
PÁGINA **121**

# PRÓLOGO

Tinha 15 anos em 1985, quando protagonizei esta história. A despeito de suas virtudes literárias, foi vivida no dia a dia, na desordem cronológica de meus desenganos juvenis. Agora, passados tantos anos, não tenho mais fôlego para contá-la, tampouco tenho lágrimas para chorar por causa deste sacerdócio memorialista. Senti que era hora de plantar essa semente na terra de forma definitiva e ver nascer uma árvore que homenageia a amizade. Esta árvore não se desmantelará com a chegada do outono. Reinará através do tempo e levará ao destino de todos nós o meu testemunho sobre esperança, amor e fé.

*Binho.*
*Agosto de 2015.*

Rumar na incerteza sempre foi o meu esporte favorito. Enquanto meus amigos buscavam conquistar resultados em jogos cheios de normas, regras e objetivos, eu gostava da anarquia das dúvidas ocasionada por leituras diárias, seja durante as manhãs entediantes de cerração, durante as noites horripilantes de silêncio, ou nas tardes escaldantes de calor.

– O sol está fraco agora, Binho. Já pode sair! – dizia minha mãe, angustiada por me ver trancafiado no quarto, enquanto meus amigos faziam estripulias na rua.

Naquele tempo, adolescentes de cidades pequenas eram como crianças – espécimes de faíscas que hoje estão ameaçadas de extinção. Mesmo que ninguém nos contasse o motivo, intimamente sabíamos que nossos corpos não podiam mais se misturar como antigamente. Havia um acordo tácito entre meninos e meninas, entre pernas, braços, bocas e olhos. Cabelos se embaralhavam de vez em quando em alguma brincadeira.

Mãos também, mas em uma versão um pouco mais íntima de nossas cumplicidades. Verdade seja dita: apesar de discretos, meus olhos naquela época eram como beija-flores famintos. Aline possuía postura alva de quem não pede, sentencia. Era esguia e seu corpo parecia mármore. Verônica tinha óculos de guerrilha, cabelos com cortes retos e sede de participação. Ana era metade "não sei" e metade "quem sabe". Estava sempre em cima do muro, livre, como os gatos vira-latas. Cecília, por sua vez, era visão de uma orquestra quando, para este espectador, resta apenas uma única cadeira na arquibancada do Teatro Municipal. Nos cabelos vivos, o crepúsculo; nos olhos, espécie de tristeza intrínseca. Na boca, uma rosa tímida. Nas bochechas, sardas sem beijos. Sua testa encaixaria em meu queixo, como quebra-cabeça. Eu não tinha dúvidas quanto a isso, pois, volta e meia, nos colocavam frente a frente em alguns jogos de cabra-cega. Nos braços ainda estabanados de quem nunca amou, a verdade crua de sua beleza física. Eu perdia mais tempo naquela época pensando em seus pés do que em minha própria jornada frente ao destino. Assistir ao balé de Cecília era como ser parte de algum plano divino. Meus olhos saltavam junto com seus pés paralelos e encontravam as rendas de sua saia. Seu desempenho no papel principal de minha peça teatral mal havia começado; o teatro mal havia entoado os três primeiros toques e eu já me sentia comovido por não poder me aprisionar em seu colo. Apesar de ser solto na literatura, eu era cativo da menina que me cativava, era

Virgílio em noites de inspiração, Fausto durante um ataque de pânico, Poliana em dia de Natal.

✳✳✳

Hoje, percebo que aquele mundo era como as índias cobiçadas por Cabral. Qualquer navegador mal-intencionado poderia ancorar sua nau naquele universo de ingênua felicidade e destruir com maledicência, vírus da gripe e vertigens de outros mundos essa fantástica visão do paraíso. Meus amigos eram portos seguros – ancoradores feitos de madeira rústica, com suas rachaduras, pregos e nós. Suavam nos jogos, sangravam nos combates, dormiam a céu aberto e alimentavam o sonho de se tornar gigantes em terra de anões.

De todos, o que eu mais admirava era Conrado. Em seu retiro hospitalar, tinha o peito coberto de medalhas, mesmo sabendo que o fio dourado que lhe dava a vida se afinava cada vez mais diante dos olhos marejados de sua mãe.

– Como se sente hoje, Conrado? – a pergunta insistente e diária.

– Estou bem melhor. Meu médico disse que o tumor regrediu. Tenho esperanças de voltar para casa até o final do ano.

No braço esquerdo de Conrado havia um grande curativo. Foi ali, num sinal de nascença, que o câncer se originara.

– Que bom! – disse animado. – Estou com saudades.

Emocionalmente, estava preso ao dia em que Conrado me pedira para raspar sua cabeça. Naquela ocasião, ainda perturbado com as surpresas negativas que me rasgaram o coração, indaguei:

– Quer ficar careca, Conrado?

– Sim, é bem essa a intenção.

Posso dizer com tranquilidade que jamais conheci Conrado. A despeito de nossos primeiros passos, de nossas primeiras palavras, de nossos berços tão amigos, percebo que, com esses poucos anos de convivência, jamais tive condição de saber quem era aquele jovem de cabelos castanhos e porte majestoso.

– Seu queixo está branco, cara! – disse Conrado. Seu dedo no furinho do meu queixo.

– É o vitiligo – respondi.

Desde pequeno, sofro com as manchas em meu corpo. Agora, haviam tomado grande parte do meu peito e avançavam para o rosto.

– Todas as vezes que me irrito, ganho uma nova marca na cara – expliquei irritado.

– Quisera eu ter vitiligo – sorriu Conrado, revelando cansaço.

Percebi que o horário de visitas do hospital não era um bom momento para falar sobre doenças. Pedi um milhão de desculpas.

– Não precisa se desculpar! – disse Conrado, socando meu ombro. – Você se irritou com o quê?

– Com o Alexandro.

Eis um pirata. Não poderia ser comparado aos velejadores do velho-mundo que dominaram e exploraram novos continentes. Não! Tratava-se de um corsário, desses bem estúpidos, que saqueiam a cidade e sequestram mulheres em troca de bebida, ouro e fumo.

– O que ele fez dessa vez? – indagou Conrado, ligeiramente entediado.

– Longa história. Deixa pra lá.

– Conta!

Toda canção tem um refrão, um estribilho fácil de decorar. Os compositores utilizam esse tipo de recurso para tornar suas músicas mais famosas entre o povão. Quanto mais fácil o refrão, mais famoso e rico se torna o compositor. Pois bem... Alexandro lançou um refrão na canção de minha adolescência, uma forma de apelido que comumente todos passaram a utilizar:

– "Vai, vaquinha de presépio!"

– Vaquinha de quê? – indagou Conrado.

– "De presépio". É assim que ele me xinga. É ou não é um pirata?

– Dos grandes. E Fabrizzio não faz nada?

– Não. Fabrizzio é legal, mas quando está com o irmão mais velho vira um idio...

Uma enfermeira entrou no quarto para injetar um líquido amarelo no soro de Conrado.

– E como vai todo mundo? – indagou Conrado.

– Soube que o Ric furou o pé num prego enferrujado após cair num bueiro.

– Sim, precisou tomar antitetânica, o coitado!
– E como estão o Zoé, a Aline, a Verônica, a Cecília...

Senti uma espécie de nó na garganta.

– Cecília convidou todo mundo para a festa de aniversário dela. Menos eu.

– Como assim, como assim?

– Longa história.

– Acho que ainda tenho algum tempo de vida, Binho.

Ops! Foi mal de novo! Tentei organizar meus pensamentos:

– Alexandro anda inventando histórias a meu respeito. Em conversa com a Aline, inventou que eu teria contado para todos os nossos amigos que Cecília e eu nos beijamos.

– Como é? – surpreendeu-se Conrado. – Você beijou a Cecília?

– Claro que não, Conrado! – respondi irritado. – Ele quer que as pessoas acreditem que eu lancei esse boato.

Senti que meu amigo ficou muito incomodado. Não devia ser fácil me ver em uma situação tão complicada e não poder fazer nada para ajudar.

– E a Cecília, como está com tudo isso? – indagou meu amigo.

– Depois que Aline espalhou a falsa notícia, Cecília parou de falar comigo.

– Mas, me conta... você gosta dela?
Senti meu rosto enrubescer. Nunca havia conversado sobre esse assunto com alguém e tinha muito medo de me expor.
– Não, claro que não! E mesmo que gostasse, Cecília deixou muito claro para mim, na frente de todo mundo, que nunca namoraria comigo.
– Ela usou a palavra "nunca"?
– Sim. Ela usou a palavra "nunca". Isso dói, sabia?
Rimos novamente. Mal sabia Conrado que essa dor era verdadeira. Após Cecília pisar em meu coração, Aline ainda espezinhou:
– Quem mandou não ser bonitinho igual ao seu irmão?
Eu nunca contaria sobre minha paixão para o Conrado. Era uma situação muito humilhante.
– Fique tranquilo, Binho. Dona Maitê, mãe da Cecília, é muito amiga de sua mãe. Se sua mãe for convidada, você poderá ir com ela à festa.
– Gênio!

\*\*\*

Nas cavernas de minha personalidade, moram alguns homens pré-históricos. Esses primatas são fascinados pelos fenômenos da natureza. Quando um raio atravessa o céu e se choca com a terra, esses homens das cavernas saem de seus esconderijos para gritar, mostrar os dentes e brigar no meio da floresta carbonizada.

Nunca aprendi a controlar esse meu lado primitivo, mas meus inimigos sempre souberam como atiçar esses monstros dentro de mim.

Após o primeiro dia de aula, ao atravessar a rua, confronto-me com Alexandro, o corsário, e sua cúpula formada por distintos "mendignos". Pior do que ferir o corpo é ferir a alma. Mais uma vez, o refrão daquela conhecida canção popular:

– Vai, vaquinha de presépio!

Tentei ensaiar um discurso, tentei rebater na mesma moeda. Tentei, mas a voz não saiu. Meu corpo ficou pelo meio do caminho como bandeira nacional em dia de luto e eu engoli uma grande quantidade de veneno. Os risos se espalharam como fogo em um palheiro e fiquei absolutamente desapontado com minha falta de vocabulário diante da obviedade daquela injustiça. Ora, para que serviriam tantas horas de leitura em dias de sol? Apenas para evitar as terríveis queimaduras? Senti-me empalado e assado como os galetos que ardem no forno das padarias. Estava com os olhos remexidos de tanto ódio, com as ferraduras marcando o solo por onde passava.

Diante de minha casa, Zoé, meu irmãozinho, aguardava-me para brincar. Sua condição física era impecável, seus olhos verdes e cabelos louros contrastavam com os meus olhos pretos e pele morena cheia de buracos esbranquiçados.

"Ele sabe quem é o pai dele", pensei, com inveja. "Além disso, teve sorte com a genética".

O apelido e a brincadeira de mau gosto haviam riscado duas pedras incendiárias no céu. Dali, uma faísca abrasou o campanário e alcançou as florestas negras de meu ego. Meus primatas dançavam um ritual de deslumbre e medo. "Será que um dia saberei quem foi meu pai"?

Zoé e seus olhos verdes me perseguiram pela casa:
– Zum, zum, zum, quer brincar de corrida? – indagaram seus cabelos amarelos.
– Não. Deixe-me em paz!
– Mas quero brincar com você.
– Vá procurar por seu pai, que tem a obrigação de lhe aturar. Eu não!

Lancei a porta do quarto sobre o rosto de meu irmão. O impacto o fez cair de costas no chão.

Um rio de choro ocupou espaço no ambiente. Um universo constante de reclamações tornou-se afluente, com direito a pequenos constrangimentos e ordens que não atendiam ao desejo maternal de educar, mas sim de proteger o filho mais novo. Mais severa que a violência física, fora a violência psicológica impetrada ao pequeno Zoé abandonado por seu pai logo nos primeiros meses de vida. Um lago de culpa se formou em volta de mim. O calor da vergonha me dominou, a água do lago evaporou e o lodo começou a feder.

Resultado... O pequeno Zoé precisou ir para o hospital e tomar pontos na testa. Engasguei-me de tanto chorar, não apenas por infligir dor e tristeza ao meu

irmão, mas por ter apoiado em seus ombros frágeis a pesada consequência de minhas angústias.
Meu quarto foi transformado em uma caverna. Ali, meus primatas poderiam hibernar tranquilamente até o próximo dia de revolta.
Entre soluços, escrevi um libelo que guardo comigo até os dias de hoje:

*Estou de castigo!*
*Isso só acontece comigo! Estou sempre cercado de muitos perigos. Somem os comparsas, somem os amigos...*
*Sozinho no quarto, com o próprio umbigo!*
*Juro não dar mais abrigo a falsas pessoas, aos meus inimigos. Existem a verruga e o vitiligo! Um vem de repente, o outro nasce comigo.*
*Juro, nem ligo! Vou separar o joio do trigo.*
*Que a minha poesia tenha abrigo, na vida diária que agora persigo! Nobre que é nobre às vezes é mendigo. Tristeza é caixão, é flor de jazigo!*

O sono é o único avião que decola com as turbinas desligadas. Naquela noite, refleti sobre minha vida e não consegui dormir.
No dia seguinte, findado meu castigo, já carregava Zoé no colo, de um lado para o outro, como se nada tivesse acontecido. É incrível como o amor de irmão pode ser flexível: em um dia, estamos em guerra; no dia seguinte, na falta de bandeiras brancas, cuecas são hasteadas em sinal de paz.

Risos! Zoé tocava sua flauta e eu tocava o tambor. Marchamos até a sala onde travaríamos uma batalha épica contra Ric e seu irmão mais novo. Pistola de feijões foram sacadas. Tiroteios, gargalhadas. Entre uma cilada e outra, entre o começo, o meio e o fim, lembrei-me de Conrado. Senti-me um pouco culpado: "Deveria estar me divertindo, enquanto meu melhor amigo sofre numa cama de hospital?".

✳✳✳

Na noite que antecedeu o aniversário de Cecília, acordei sufocado. Um clarão ofuscou meus olhos e um choque elétrico me trouxe de volta para este mundo. Lembrei-me de Shakespeare e sua famosa frase: "o sono é o prelúdio da morte". Não havia abismos no meu quarto. Também não havia claridade. Apenas silêncio e grilos. Muitos grilos.

"Formidável viagem essa", pensei. "Será que gritei ao acordar, como fazem os protagonistas dos filmes de terror?" Pouco provável. Jamais tive pinta de galã.

Hefesto, divindade grega, preparava os raios que seriam atirados por Zeus naquela manhã de chuva. E eu, maculado pelo vitiligo, refletia sobre a natureza variável de quem sofre. Se vivesse em uma tribo indígena, não precisaria pintar o corpo para a guerra e seria idolatrado por todos. Mas, no mundo civilizado, "malhado" é aquele que sofre o malho. Tudo muito injusto. Eu queria ser Hefesto e não a bigorna onde seus raios são martelados.

– Mãe, preciso conversar com você.

Sem me preocupar com o tom ridículo e solene que antecede conversas complicadas como essas, indaguei:

– Meu pai tinha vitiligo?

Minha mãe dormia sempre no mesmo lado da cama, como se respeitasse o lugar onde o pai de Zoé dormiu por alguns meses.

– Acho que não, Binho. Já contei tudo que sei sobre ele. Não nos conhecíamos muito bem quando...

– A senhora o amava? – apressei-me em perguntar.

– Se eu disser que não, estarei mentindo. Se fosse vivo, ele teria muito orgulho de você.

Resolvi deixar minha mãe dormir. Era muito para uma manhã de chuva! Sua tristeza era motivada por péssimas lembranças. Ainda assim, eu a invejava. Eu não tinha sequer lembranças ruins de meu pai para partilhar. O vácuo causado pelas dúvidas me deixava surdo e suspenso no ar.

Uma cortina fina de seda me separava da infância. Através dela, conseguia avistar a dimensão oposta, onde o sol prevalecia em quase todos os períodos do ano. A faceirice de minhas emoções contrastava com a racionalidade disfarçada de Conrado. Minha palavra de ordem era "ser", enquanto a dele era "existir". Ele comia a melancia, eu plantava as sementes. Ele observava as abelhas, eu as estudava. Seus brinquedos eram intocáveis, os meus estavam sempre desmontados. Apesar do paradoxo de nossas aptidões, nossas ações conjuntas eram tão bem articuladas que nossa amizade se firmava no campo meticuloso da semântica como um dos melhores exemplos de pleonasmo. No horto da ingenuidade, o devaneio de nossas asperezas não passava de pólen suspenso no espaço.

Minha mãe e minha avó chamavam-me pelo diminutivo "Fabinho". Não demorou muito e o tatibitate do Conrado apelidou-me carinhosamente do único nome que ele, em tão tenra idade, poderia pronunciar:

– Binho.

A partir de sempre, para todas as necessidades, Binho se transformara em meu nome de batismo. E desse apelido, confesso, sempre gostei.

✳✳✳

Experiências de vida geram lembranças. Foi por isso que resolvi entrar de penetra na festa de Cecília. Mal sabia que essa noite ficaria perpetuada em minha memória.

Nunca se viu neste mundo jovens tão bem-comportados: gravatas, vestidos longos, conversas afáveis e um ou dois aventureiros no meio do salão. O carnaval já tinha passado, mas as marchinhas de duplo sentido ainda ecoavam nos tímpanos da plebe e no cerebelo dos lordes.

Havia um muro separando os meninos das meninas. A única exceção era Zoé, idolatrado por uma corte de mulheres obcecadas com a ideia de ter filhos com a aparência de um deus grego.

– Seu irmão faz um baita sucesso com a mulherada – comentou Ric, que estava com o torso engessado, resultado da queda de um cavalo. – Eu luxei o ombro e não fui paparicado desse jeito.

Minha mãe pouco se importava com o *status* de propriedade pública que seu filho mais novo ostentava. Já eu, sentia um emaranhado de sentimentos formado por orgulho, ciúme e inveja.

Entre as meninas, estava a aniversariante. Sua mãe escolhera um vestido de renda branco típico de debutantes. A tiara de ouro branco que enfeitava seus cabelos foi um presente de seu pai. Ela estava muito bonita, mas a produção excessiva contrastava com a simplicidade de seus olhos e com a vertigem que sua natureza costumava me causar. Muito além de seus sapatinhos de cristal, eu sabia que morava no cerne de todo aquele esplendor uma menina que gostava de correr, dançar, sorrir e, de vez em quando, procurar em seu baú de momices a malícia necessária para me lançar um de seus sorrisos avassaladores.

– Ela está olhando pra você, Binho – disse Ric, tapando a boca para que ninguém pudesse entender o que dizia.

– No mínimo, está rindo de mim com as amigas. Afinal, ela não me mandou convite.

– Jura? E como foi que você entrou na festa?

– Com a minha mãe.

– Que chato.

De repente, aconteceu um fenômeno que mudou o rumo do evento. Ouvi uma explosão de gritos que me fez pensar que o pai de Cecília havia contratado um ídolo juvenil para animar a festa. Não! Sob uma chuva de aplausos e cumprimentos, reconheci a figura esquálida de Conrado em uma cadeira de rodas empurrada por sua mãe.

Imediatamente, meninos e meninas se reuniram em volta dele. Conrado estava vestido com um terno muito sóbrio para sua idade e um chapéu que disfarçava a careca.

O locutor pegou o microfone e pediu para que todos se sentassem em seus lugares. Uma dança muito especial haveria de acontecer.

Para a surpresa de todos os presentes, Conrado levantou-se da cadeira de rodas e caminhou até o centro do salão. Todos começaram a gritar eufóricos. Cecília já estava a postos e os dois entrelaçaram as mãos. Choro. As mulheres tentavam impedir que as lágrimas borrassem suas maquiagens; os homens disfarçavam a emoção e aplaudiam entusiasmados. A canção era *Bandeira Branca*, tocada em ritmo de bolero. A coreografia, previamente ensaiada em segredo no hospital, denotava a habilidade e a sensibilidade daquele inusitado casal.

Em determinado momento da dança, um *flash* espalhou luz pelo ambiente. Cecília rodou linda e brilhou seus olhos em minha direção. Aquilo já não parecia real. Meu coração estava torturado. Meu irmão gerava nas pessoas uma espécie rara de fascinação, Conrado guardara segredo sobre sua dança com a menina dos meus sonhos, que, por sua vez, sequer havia me convidado para a festa. Triste, resolvi me conformar com meu papel de coadjuvante e, na trilha daquele fluxograma, aplaudi, assobiei e fingi uma felicidade que jamais senti em toda a minha vida.

Nos momentos finais da dança, Cecília mergulhou nos braços de Conrado e levantou uma das pernas, deixando a saia deslizar vagarosamente por suas coxas. Os meninos se quedaram paralisados – as sobrancelhas erguidas, as bocas abertas. Aplausos. Cecília era aprovada no ritual: deixava de ser uma menina para se tornar objeto de desejo para muitos rapazes que a assistiam. Devorei-me de dentro para fora. Certamente teria concorrência. A despeito dos astronautas americanos, não havia pousado na lua, mas requisitava sua posse, apenas por cortejá-la de longe, durante infindáveis noites sem nuvens.

Conrado não podia ficar por muito tempo. Recomendações médicas. Mas, antes de voltar para o hospital, o rapaz empurrou as enormes rodas de sua cadeira e me alcançou no fundo do salão.

– Tá perdido? – indagou-me com aquele sorriso aniquilador.

– Um pouco. Estou sem fôlego – respondi.

– Hoje, pelo visto, você é o pirata.

– Sem dúvida.

Conrado abriu os braços e me convidou para um abraço. Quando me aproximei, sussurrou nos meus ouvidos:

– Conversei com a Cecília. Ela sabe.

– Ela sabe o quê? – indaguei confuso.

– De tudo – respondeu com ar de mistério. – Somos garotos de sorte, Binho!

A informação não poderia ser digerida naquele espaço-tempo. Precisei me segurar para não fazer mais perguntas e acabar denotando meu estado de total fraqueza emocional. Conrado sorriu mais uma vez e aceitou de bom grado que eu empurrasse sua cadeira de rodas até a ambulância. Seus olhos pareciam azaleias recentemente regadas. Em seu peito, um turbilhão de emoções que se chocavam ininterruptamente. Uma vez alçado voo até a plataforma de embarque da ambulância, vi acenos circulares de suas mãos ensaiando um tímido adeus. Eu não podia supor que o destino me castigaria com a realização daquele desejo bobo por lembranças. E, até hoje, carrego na memória, de forma mal resolvida, a imagem de Conrado se despedindo na ambulância. Se soubesse que aquele seria meu último contato com meu melhor amigo, o convidaria para visitar nossos lugares favoritos, remontaria algumas de nossas brincadeiras infantis, sufocaria nossas almas com risos, abriria mão do ócio cognitivo de meus estudos para dedicar-me a seus últimos momentos, como um pai faria com um filho. Mas nada disso foi possível. Sobrava apenas o farelo de uma conversa enigmática aliado a um fortuito e enganador gesto de "até mais". O outono de minha vida se aproximava. E naquele momento pude prever que sentiria falta do sol que me fustigava a pele adoecida. Seriam tempos difíceis que apontariam definitivamente os novos rumos de minha jornada através do tempo.

## A ÚLTIMA PALAVRA

A tristeza
é correnteza de um rio
sem margem.
Quando alardeia meus olhos
preenche o vazio
sem coragem.

A última palavra
é vento que encontra o mar.
Não embaraça os cabelos,
não fecunda as flores,
não convida as folhas secas pra dançar.
"Adeus" é coisa do vento
no comando dos céus.
Leve-o embora!
Pois a tristeza agora,
é nau para resgatar ilhéus.

Se além do mar distante,
alguém puder reaver o instante,
que possa colaborar comigo.
Traga a alegria de volta,
o canto, a luz da aurora,
junto com meu bom amigo.

A noite me trouxe o castigo.
A tarde se foi e doeu.
Nada pode ser mais triste
do que quando a gente insiste
em se despedir do melhor amigo
que morreu.

Sobre um acolchoado de seda prata, com os olhos enegrecidos de fim, jazia o corpo de meu amigo de infância. Naquele instante, entendi a sobriedade de seu terno. Não havia sido comprado para uma festa de quinze anos, e sim para o posfácio de sua existência. Agora, não podia mais crer em novas mentiras. A insensatez da dor se manifestava através de inverossímeis realidades. Eu esperava um tique nervoso, um estalar de dedos, um gesto involuntário que reacendesse a qualquer momento a minha esperança de vida. Mas o farelo de carbono que constituía sua pele se esvaía aos poucos. A inexistência do calor coabitava com a incerteza do amanhã. A rigidez de seu rosto me remetia a uma visão cética sobre a natureza.

Meus olhos estavam diluídos. O mundo tornou-se embaçado. As cores ficaram turvas. As pessoas abriam a boca para falar comigo e eu não as escutava. Eram só as batidas de meu coração, o vento passando em minhas narinas e uma sensação terrível de vazio – um frio que entrava pelos ouvidos e entalava na garganta.

Lembro-me do cheiro de cloro, do cheiro de cera e de natureza morta. Os olhos fechados de Conrado não expressavam sentimentos. Ali não havia poesia. A vida, que antes o animava, partira para outros lugares, muito além de um mar sem fim. Ali jazia um boneco sem movimento, uma borracha feita de ossos e sangue parado. Ali não havia ninguém. Aquele não era o Conrado! Aquele não era o meu melhor amigo.

Aquele era o pior sentimento do mundo!

Um turbilhão de emoções embaralhou minhas tripas. Coração, fígado e estômago volveram num rodamoinho. Minha boca se abriu. Senti que havia um grupo de pássaros querendo sair de dentro de mim. Pensei que fosse sufocar!

Ajoelhei-me e senti a cabeça tomada por um rio furioso. O rio era feito de lágrimas. Lágrimas nunca choradas antes. Elas estavam irritadas, querendo sair. E, nossa, como ardiam! As águas, feitas de éter, iam e vinham dentro da minha cabeça, como se dançassem o balé mais complexo e doloroso do mundo.

Tive medo de me virar do avesso.

De repente, senti uma mão no meu ombro. Não eram mãos de um adulto que acorda a gente para pegar o ônibus escolar; não eram mãos que nos auxiliam a atravessar a rua. Mas eram mãos de alguém que ama. Eram as mãos de Cecília! As mãos mais lindas do mundo, prontas para me resgatar. Senti sua energia passar por dentro do meu peito e alcançar meu coração estripado. Era o caminho seguro, eram as margens firmes do leito de um rio preparado para receber um desafogar de emoções. E o seu toque era macio, pleno, seguro. Virei-me e a abracei forte. E foi nesse momento que finalmente consegui chorar. Foi um alívio!

Ficamos ali por uns vinte minutos, abraçados, sem nos preocupar com os outros. Sabíamos que o mundo entenderia e que deixaria a verdade e a beleza do amor prevalecerem sobre as óticas mesquinhas. Nós choramos juntos com nossos corações acesos de emoção. Choramos pelo Conrado, choramos por nós, choramos por toda uma vida.

Choramos até não poder mais.

*** 

Após a morte de Conrado, nossa cidade não viu mais a luz do dia. É possível que qualquer lixo espacial preso gravitacionalmente ao movimento rotatório de nosso planeta fizesse eterna sombra sobre nossas casas. Um *halloween* diário nos assombrou com inconsequentes travessuras. Abóboras gigantes passaram a reprimir os transeuntes com tochas e pequenos objetos cortantes. Tornamo-nos cativos de nossas residências. Os pés ardiam ao tocar a rua. Todos queriam a solenidade dos jantares em família, o colo das mães, o aconchego dos irmãos e o cheiro do cabelo de filhos e netos.

Para a minha depressão, não havia vacina. O tempo era frio, mas não se via neve, apenas flocos de saudade capazes de cobrir imensas plantações. As fábricas estavam sem empregados, os parques estavam sem flores, os arranha-céus perderam suas janelas, as lagartas desistiram de se encasular e tornaram-se eméritas dançarinas de *cancan*.

Minha mãe tentou me obrigar a ir à escola. "Época de provas", disse ela. Mas eu não poderia. Dia e noite se misturavam e a receita de caos anunciada desde a antiguidade misturava ar, água e terra em uma única dose de resignação e tristeza.

Eu esperava pela morte. Desde já era preciso escolher meu terno – o mais sóbrio que houvesse – para que o retorno ao principado cristão acontecesse de maneira mais vistosa.

O dia do meu aniversário chegou prometendo bombardear, como meteoro cataclísmico, minhas reflexões sobre vida e morte. Mas, não. Senti o arfar ansioso de minha mãe à porta do meu quarto, seguido de um show de sapateado na sala de casa. "Contrataram dançarinos", pensei. Valsearam sem minha presença, comeram e beberam às custas de minha insanidade e de meus passeios astrais. Apesar disso, me sentia protegido sob o campanário de falsas estrelas coladas no teto de meu quarto. Por mais que meu corpo adoecesse, fundindo-se com inúmeras fotografias de meu pretérito imperfeito, minha alma permanecia livre para padecer em memórias que nunca mais poderiam ser reconstituídas.

Um belo dia, descobri que podia contar mundos e encontrei salamandras no meu quarto. Coloquei lagartos em minha salada – literatura multicolorida com gosto de visco, poesia do absurdo com gosto de bílis. Doença, fonte de luz acesa... suor nos olhos, enxaqueca... Abri os olhos e vi nuvens.
De repente, o médico de Conrado estava na minha frente. Em minha boca, o relógio do *Big Ben*.
– Ele está delirando de febre. Precisa ser internado.

✳✳✳

Não há nada mais apavorante do que a iminência da morte. Senti calafrios, tive tremedeiras, náusea e falta de ar; cheguei a ficar com parte do meu corpo paralisada e até desmaiei.

O médico coletou meu sangue, mediu minha pressão e fez uma série de exames clínicos. Eu estava desidratado e com sintomas de anemia. Meu caso foi considerado crítico e fiquei dois dias internado para observação.

No último dia, fui levado ao consultório do doutor. Finalmente, teria um diagnóstico para nos oferecer:

– Tudo me faz crer que a enfermidade do Binho tem causas psicológicas. Sugiro antidepressivo e consultas com um especialista em medicina comportamental.

Ele quis dizer "psiquiatra". É por essas e outras que o eufemismo é a figura de linguagem que menos aprecio.

Eu mantinha um olho aberto e outro fechado. Sentia meu coração parado, minhas pálpebras pesadas e estava cansado até mesmo para respirar. Minha mãe não parecia muito feliz com o diagnóstico:

– Mas, doutor, ele não sai desse estado catatônico. Não quer comer, nem dormir, tem enjoos até quando bebe água.

– Ele ainda está em estado de choque – disse o médico. – A perda do coleguinha o deixou assim.

"Coleguinha"? Aquilo me deixou furioso. Senti o sangue voltar a correr dentro das veias e, com o rosto estampado de vermelho, gritei:

– Você o matou!

Assustada, minha mãe tentou colocar a mão na minha boca. Desviei-me e vociferei com ódio:

– Conrado me disse que o tumor havia regredido. Mas você o matou!

Criei mãos de gorila, face de tubarão, espinhos e garras. Minha memória turvou-se e tive a sensação de que a cheia de um rio violento venceria as margens do bom senso.

Desci da maca onde estava sentado e, tomado de fúria, virei a mesa do médico. Minha mãe ainda tentou me segurar, sem sucesso. Eu gritava alucinadamente e quebrava tudo que estava ao meu alcance. As coisas saíram totalmente de controle. Porta-voz das tempestades, atirei uma cadeira na janela do consultório. Um enfermeiro me dominou. O médico, com um corte profundo no braço, pegou uma seringa e, ignorando os apelos de minha mãe, aplicou em mim uma injeção que me fez adormecer.

✶✶✶

Sonhei que caminhava em uma fazenda. Ao longe, uma casa de madeira. Minhas mãos tocavam uma plantação de trevos e o sol acariciava minha pele com zelo de mãe. Aqui e ali, os homens-macacos que tanto apavoram minha paz retornavam feridos e cansados de uma guerra. Deitaram sobre a plantação e finalmente adormeceram sob a luz do sol.

Quando acordei, estava amarrado a uma maca. Uma moça simpática, chamada Raquel, me explicou que eu estava na ala psiquiátrica do hospital e que precisaria ficar mais três dias em observação.

Não sei quantas cartelas de comprimidos tomei nesse meio-tempo, mas sei que as cortinas de meus olhos se desataram diversas vezes, indicando o começo e o fim de cada ato.

De vez em quando, Raquel passava as mãos em meus cabelos.

– Conte para mim, Binho. O que aconteceu no consultório médico? – seu tom de voz era abstraído de qualquer julgamento.

– Um rio de fúria – respondi com franqueza. – Um rio de fúria.

✶✶✶

Um dia depois de ganhar alta do hospital, recebi a visita do velho padre de nossa cidade. A pele branca do homem se confundia com a parede de meu quarto. Seu corpo avantajado quase não passava pela porta; seu coração era do tamanho do seu estômago e o sotaque alemão possuía mais teatralidade do que influência germânica.

– Tenho um recado do Conrado para você.

Aquilo era estranho demais para ser levado a sério. Sempre ouvi histórias a respeito daqueles que se autoproclamam interventores divinos na terra. Naquele momento, não sabia mais em que acreditar.

– Como assim, "recado"?

– Antes de falecer, ele pediu que lhe entregasse algo.

O padre tirou uma caixa de madeira de seu embornal.

– O que é isso? – indaguei.

– Abra!

Peguei a caixa das mãos do padre e abri. Ali, havia três cartas, um trevo de quatro folhas plastificado e a foto do Conrado quando era apenas um bebê.

– O que isso significa?

– Conrado gostava muito de você e queria lhe enviar uma mensagem através desses objetos.

– Uma mensagem? – permaneci confuso.

– Espero que essa caixa o ajude a superar esse momento difícil, Binho. Soube que não estava se alimentando direito e que precisou ir para o hospital. Acha que Conrado ia gostar de ver você nesse estado?

Permaneci mudo enquanto examinava o conteúdo da caixa.

– Seus amigos estão sentindo sua falta na escola – disse o padre.

– Não quero mais sair de casa – refutei. – São muitas lembranças!

O padre, compreensivo, concordou com a cabeça. Curioso, peguei o trevo de quatro folhas plastificado e o coloquei contra a luz. Imediatamente lembrei-me de meu sonho.

– Conrado nunca falou nada sobre este amuleto – comentei. Num cantinho do plastificado, era possível ler um nome. – "Rancho Novelo de Lã". Deve ter sido produzido nesse local. É um belo trevo, mas eu preferia que estivesse plantado na terra.

– Eu também – concordou o padre. – A raridade dessa planta transformou-se em sua perdição.

Naquele momento, pensei: "Será que Conrado foi colhido na Terra e levado para o Céu por ser raro demais? Será que Deus o leva no bolso ou em uma caixa de madeira?".

O padre deu tapinhas nas minhas costas e, antes de sair do quarto, disse-me:

– As cartas estão enumeradas. Leia a partir da primeira. Juntas, possuem um enigma.

– Um enigma? – indaguei surpreso. – Por que Conrado me deixaria um enigma?

O padre sorriu e respondeu com aquele ar de sabedoria oculta típico dos sacerdotes:

– Só Deus poderá lhe revelar.

✳✳✳

Sei bem o que as pessoas pensam sobre os sonhos. Já li alguns livros sobre o assunto. "O sonho é o despertar da alma", dizem uns; "o sonho é a manifestação do inconsciente", dizem outros. Sonhos bons, sonhos ruins... eu queria ter esses sonhos. Os meus são uma maldição.

De tempos em tempos, tenho o mesmo tipo de sonho. Começa com uma luz forte, seguida de um barulho ensurdecedor e, de repente, o silêncio. Nesse momento faz frio, muito frio. O medo me faz encolher. A garganta fecha e me sufoca. Na escuridão da noite, diante dos holofotes do terror ou do frio, é difícil gritar.

Acordei assustado. Sentia-me ofuscado pela escuridão, ensurdecido pelo silêncio e oprimido pela solidão. Acendi as luzes e abri a janela. O inverno já se fazia notar através do vento frio que descia das montanhas em direção a nossa cidade. Ao longo da rua, dezenas de árvores nuas, abaladas pelo tempo seco. Desnudei-me e busquei minhas referências no espelho de meu quarto. O outono não havia destruído apenas o habitat dos passarinhos, como também causara impacto sobre meu corpo. Minha folhagem despencara com os últimos episódios de estresse e, agora, novas manchas brancas pontuavam minhas pernas e minhas costas.

Apesar disso, meu coração jazia em um mar de relativa serenidade. Eu sabia que, por mais difícil que fosse a provação, ainda teria um local de encontro com o meu melhor amigo.

O trevo de quatro folhas parecia reluzir no escuro. Era hora de tentar desvendar o grande enigma. Ansioso, abri a primeira carta do Conrado.

*Oi, Binho! Se você está lendo esta carta, é porque não estou mais por aqui. Sinto muito por tudo isso. Você é e sempre será o meu melhor amigo. Não se preocupe, ficarei bem.*

*Hoje, li uma frase de Shakespeare: "Existem mais coisas entre o Céu e a Terra do que supõe nossa vã filosofia". Encontrarei mundos desconhecidos, tão emocionantes quanto as ladeiras que gostamos de descer com nossos carrinhos de rolimã.*

*Mas não quero deixar você triste. Quero que viva sem medo e aproveite as oportunidades para ser feliz. Estarei ao seu lado em cada partida de futebol, em cada nota que receber na escola, em cada caminho bem ou mal traçado que o Destino lhe oferecer.*

*A sorte sempre foi nossa amiga. Por isso, lhe envio um trevo de quatro folhas. Ele será a sua estrada de tijolos amarelos.*

*Com carinho,*
*Conrado*
*Rancho Novelo de Lã, 8 de novembro de 1984.*

No canto da página, havia uma marquinha. Acho que era a marca de uma lágrima do Conrado. Aquele ponto final personalizado era a prova de que todos deixam algum tipo de marca no mundo, mesmo quando morrem cedo demais.

Meu choro foi de tristeza, de saudades e, de certo modo, de alívio por saber que ele estava confiante. A natureza de nossa intimidade estava preservada naquele texto honesto, simples e divertido. Olhei pela janela e percebi que, apesar das trevas, a rua era iluminada por um cisco de luz emanado por um vaga-lume. "A escuridão não existe", pensei. "O que existe é a falta de luz". Para vencer a negrura em que estava envolvido, bastaria a luz de uma vela, de um candeeiro, de um sorriso ou de uma carta.

Na hora do café da manhã, o sol voltou a nascer na cozinha de minha casa. Minha mãe disfarçou a surpresa por me ver fora do quarto e comentou, como se nada tivesse acontecido:

– Você tem um milhão de pacotes coloridos para abrir.

Os presentes! Havia esquecido totalmente. Subi correndo até o sótão da casa e me surpreendi com o que vi. O local estava lotado de embrulhos retangulares.

– São livros! – exclamei surpreso ao desembrulhar alguns pacotes. – Mas, por que tantos?

Minha mãe esclareceu:

– Seus colegas de escola me perguntaram o que poderiam fazer para alegrá-lo. Aparentemente, eu não tinha essa resposta. Mas resolvi dar um chute.

– Acertou em cheio! – respondi entusiasmado.
– Cada colega trouxe um título. Deve estar orgulhoso por ser tão querido.

Eu mal podia acreditar. O sótão cheirava a livraria. Aquela manifestação de carinho e solidariedade encheu meus olhos de lágrimas. Meu coração foi tomado por uma forte sensação de esperança.

Examinamos os livros. Havia muitos autores renomados espalhados pelo chão. Minha mãe, empolgada, perguntou:

– Então, qual você vai ler primeiro? Tem romances, épicos, novelas e sagas!

Entre tantas obras, uma em especial chamou minha atenção. Minha mãe leu o título e nada entendeu:

– "Nunca diga nunca"? – fez cara feia. – O que é isso, um livro de autoajuda?

– Ainda não sei. Deixe-me ver.

Abri o livro e confirmei minhas suspeitas ao ler a dedicatória na primeira página: *Melhore logo, Binho! Saudades. Com carinho, Cecília.*

– Sim! – exclamei exageradamente feliz. – É um livro de autoajuda!

Abracei o livro como quem protege um bebê e desci as escadas correndo em direção ao meu quarto. Minha mãe ficou para trás, cercada de questionamentos.

✱✱✱

O ditado popular diz que o sol volta a brilhar após a tormenta. Meu sol ainda estava meio tímido sob a curvatura da Terra. Deste lado do continente, apenas o crepúsculo podia ser observado quando recebi a visita de meu amigo Ric.

– Vamos andar de carrinho de rolimã, Binho?

O guerreiro tinha ordens de sitiar sozinho um forte armado até os dentes. Não me surpreende o fato de estar meio cabreiro. Para sua sorte, não havia nenhuma sentinela que guarnecesse meu recém descoberto desejo de ser feliz. Animado, passei a mão no carrinho e saí correndo de casa. No meio do caminho, notei um amontoado de esparadrapos no cocuruto de meu colega e indaguei:

– O que foi isso?

– O resultado de uma inocente guerrinha de pedras com o Fabrizzio.

– Dói?

– Agora não, mas na hora dos pontos doeu à beça! O enfermeiro falou que o buraco na minha cabeça era tão grande que dava até pra ver meu cérebro.

– Impossível! Só se tivesse rachado o crânio!

– Cecília me contou que você também foi parar no hospital. Mas não te vi por lá.

– Fiquei internado. Só minha mãe podia me visitar.

– Entendo. Volta e meia, Cecília fala em você – confidenciou Ric.

— Jura? — indaguei, meio que engasgando.
— Sim — disse Ric, olhando pra baixo. — Acho que você vai ser o primeiro de nós a namorar.
— Acha mesmo?
— Sim. Tudo bem se eu sentir um pouquinho de inveja de você?

Eu ri:
— Como assim, Ric? Ninguém pergunta para o outro se pode sentir inveja ou não. Ou sente, ou não sente.
— É... mas você é como um melhor amigo. O padre falou que até posso sentir inveja de você, afinal, sou um ser humano e inveja não dá em pedra. Mas o ideal é tentar não dar ouvidos a pensamentos ruins por causa disso. Por isso, estou te perguntando se posso...
— Tá bom, Ric — cortei. — Pode sentir um pouquinho de inveja de mim. Eu deixo.

Ric sorriu e disse:
— Legal!

Lá pelas tantas, aproveitei pra perguntar ao meu novo melhor amigo:
— Já ouviu falar do Rancho Novelo de Lã?
— Não, por quê?
— Por nada — disfarcei.

Ric queria andar com os nossos carrinhos na Ladeira dos Pássaros. A ladeira tem esse nome porque a descida é tão íngreme que dá a impressão de uma queda livre. Fiquei com medo. Nunca havia descido por ali, mas topei enfrentar o desafio.

Subimos a lomba. Lá de cima, diante de todo aquele asfalto, Ric tentava calcular quantos curativos teria que fazer em seu corpo caso algo saísse errado.

– A primeira curva é a mais fechada – alertou. – As coisas podem ficar bem perigosas se a gente perder o controle do carrinho.

Respirei fundo e disse:

– Vou primeiro.

Subi no carrinho e o destravei. Logo, ganhei velocidade, entrei na primeira curva e venci o medo do desconhecido. O vento bateu com força e levou pra longe a minha dor. Foi-se embora junto com a culpa, com os destemperos e com a tristeza de não poder fazer nada para mudar o destino.

# TERCEIRA PARTE
# INVERNO

21 de Junho a
20 de Setembro de 1985

Sempre tive um pouco de medo de espelhos. Para a maioria das pessoas, é apenas um vidro que reflete, mas, para mim, significa muita coisa. O espelho é um retrato instantâneo para qualquer Narciso – um leito d'água capaz de afogar aqueles que ali se reconhecem. Para mim, é ainda mais dramático: todo espelho é um indicador do futuro – uma encomenda a prazo, um portal do tempo que denota todos os dias o meu inexorável destino.

Ironias à parte, aquele dia foi marcante. Acordei para ir à escola e deparei-me com minha mais nova aquisição: uma imensa marca branca, bem em torno de um dos olhos.

Mas nada é tão ruim que não possa piorar. Para meu desespero, minha mãe resolveu me dar um presente para comemorar minha melhora. Um presente com focinho e rabo. E adivinha só qual era a raça do bichinho...

– Com todas as raças que existem no mundo, minha mãe me compra logo essa? – indaguei irritado.

O cão, comovido, lambia minha perna. Cecília tentou me consolar:

— Eu li que os dálmatas são ótimos cães de guarda. São fiéis e muito espertos.

— Mas, Ceci, olha pra mim. Eu pareço com o quê?

Cecília tirou os cabelos do meu rosto e me examinou cuidadosamente.

— Com um vulcão — disse ela com firmeza.

— Com o quê?

— Com um vulcão! Você não gosta de atrito. Quando isso acontece, você entra em erupção.

Precisei de alguns segundos para digerir aquela informação.

— Acho que você é a única pessoa que me entende neste mundo.

Cecília sorriu.

— Você é um cara legal, Binho. As meninas acham você bonitinho e gostam do seu sorriso. Ninguém tá ligando para as marcas que você tem no corpo.

— Mas o Alexandro...

— O Alexandro é um idiota! Todo mundo já sabe que ele gosta de implicar com você.

— Então, quero que saiba que jamais contei mentiras sobre ter beijado você. Aquilo foi uma história inventada pelo Alexandro e espalhada pela Aline.

— Sim, eu sei — disse Cecília, com os olhos apertados de tanta vergonha. — Por favor, me desculpe!

Eu dei um sorriso como resposta. Cecília resolveu quebrar o gelo colocando sua bolsinha no torso do meu cachorro. Foi a primeira vez que vi um dálmata de bolsa. Foi divertido.

– O Conrado gostava muito de você – disse ela, acariciando o cachorro. – Foi ele quem me contou como tudo aconteceu. E ele me contou outras coisas surpreendentes a seu respeito.

– Que coisas? – indaguei.

– Todas as coisas do mundo.

– Como assim?

Cecília olhou o relógio, pegou a bolsa de volta e me deu um abraço demorado. Depois, pairou seu narizinho vermelho de frio bem perto do meu e disse, com a respiração quente acompanhada de um sorriso.

– Preciso ir, Binho. Foi muito legal passear com você.

Terminou por me dar um beijo no rosto e foi embora pelo meio da rua...

Foi aí que eu pensei: "Eu devia ter segurado ela um pouco mais? Será que a Cecília está mesmo interessada em mim? Ela deve ter me achado um idiota. E sou mesmo! Por que não aproveitei a oportunidade para dar um beijo nela?".

Não queria assumir, mas estava com medo. Nunca tive pai ou irmão mais velho para conversar comigo sobre namoro. Até aquele momento, nunca tivera essa experiência com ninguém.

Voltei para casa chutando as pedrinhas que encontrava pelo caminho:

– Vou ligar para o Ric e avisar que ele não precisa mais sentir inveja de mim.

✱✱✱

Dias depois, estava de volta ao consultório médico; dessa vez, para exames de rotina. Minha mãe queria que eu pedisse desculpas para o doutor e, diante de meu constrangimento, disse:

— É melhor ficar vermelho por um minuto do que amarelo pelo resto da vida.

O médico não respondeu meu pedido de desculpas, apenas meneou a cabeça em sinal de positivo enquanto escrevia algo no prontuário. Sem preparações prévias, retirou uma pistola de dentro de sua gaveta, o que me fez pular da maca onde estava deitado.

— É apenas para um exame rápido — esclareceu. — Preciso retirar uma pequena amostra de pele do seu braço. Vamos ver como está esse vitiligo.

Doeu muito. Julguei o procedimento desnecessário e atribuí o exame a uma espécie de vingança sádica.

Passamos na ala psiquiátrica para a primeira consulta com o psicólogo do hospital. "Preciso agradecer àquela enfermeira, àquele anjo, por ter sido tão bom pra mim", pensei. "Como é mesmo o nome dela?" Na recepção do consultório, descrevi o rosto da moça e, para minha surpresa, ouvi da secretária:

— Não conheço pessoa com essa aparência, senhor.

— Mas ela é enfermeira. Trabalha aqui.

A secretária fez cara de estranhamento e disse:

— Sinto muito, senhor, mas não há enfermeiras neste setor.

Achei estranho. Teria sido um sonho? Ou eu passara as tardes falando de minhas intimidades para uma paciente psiquiátrica desgarrada do confinamento de seu quarto?

Fiquei pensativo. Após anotar todas as informações sobre meu plano de saúde, a secretária do consultório retirou um brinde de dentro de seu balcão e me deu de presente:

– Veja o que tenho para você. É um trevo de quatro folhas plastificado. É para dar sorte. Pode levar pra casa.

Dei um tapa na testa. "Agora entendi por que Conrado tinha um desses trevos." Agradeci à moça e sentei-me próximo a minha mãe na área de espera. Examinei melhor o trevo e percebi que, diferentemente do amuleto encontrado na caixa de madeira, aquele estava mais bem conservado.

– O amuleto do Conrado deve ter pelo menos uns dez anos de existência.

Analisei melhor o brinde e descobri outra diferença: o amuleto novo tinha outra assinatura no cantinho do plastificado.

– "Fazenda Campo Verde" – li. – Com licença, senhora – novamente chamei pela secretária. – Onde fica essa tal Fazenda Campo Verde?

A mulher não tinha muita paciência com jovens pacientes psiquiátricos, mas mesmo assim parou de copiar uma receita de bolo para me atender:

– No limite da cidade.

– Sabe dizer onde fica um concorrente deles, o Rancho Novelo de Lã? – agora eu me referia ao local que fabricara o amuleto encontrado na caixa de madeira.

– Não. Esse eu não conheço.

– Me passa, por gentileza, o endereço da Campo Verde?

✯✯✯

Fazia muito sol no dia seguinte. Mesmo assim, estava decidido a ir até o limite da cidade para visitar a Fazenda Campo Verde. Minha intenção era conseguir alguma pista sobre o Rancho Novelo de Lã. Tomei um banho de protetor solar, passei a mão nos óculos escuros e fui para a estrada.

– Eu conheço a Fazenda Campo Verde – disse o velho Ribeiro, que me deu carona até o local. – Lá, eles colocam as crianças rebeldes em contato com os cavalos para ficarem mais tranquilas. É um fato engraçado: antigamente, as pessoas precisavam domesticar os cavalos. Agora é o contrário: os cavalos é que domesticam as pessoas! No meu tempo, não tinha dessas coisas. Criança rebelde a gente tratava com o chinelo.

Seu Ribeiro não sabia, mas um centro de terapia equestre não cuidava apenas de "crianças rebeldes", mas de crianças e adolescentes em situação de estresse, seja por conta de abusos, traumas, pressões, limitações físicas ou...

– ... uma doença difícil de combater – murmurei, surpreso por ter encontrado, sem querer, uma pista.

Seu Ribeiro me deixou na porteira da fazenda, na beira da estrada. Precisei caminhar vários metros debaixo de um sol tórrido de meio-dia para chegar à administração da propriedade. Eu sabia que, se ficasse muito tempo exposto ao sol, minha pele criaria feridas. Por isso, apertei o passo.

Encontrei uma tratadora de pôneis no meio do caminho. Ela me deu água e me levou para a segurança de uma sombra. Lá, pude agradecer e perguntar se ela conhecia o Conrado. Ela abaixou a cabeça e respondeu com tom de tristeza:

– Sim, foi um de nossos clientes. Sua mãe tinha muita esperança na melhora do filho. Está provado que o contato com os animais ajuda muito no processo de cura. Mas o caso do Conrado foi grave demais. Ficamos muito sentidos com o falecimento dele.

Antes que eu também fosse dominado pela tristeza, mostrei à moça o trevo de quatro folhas plastificado.

– Parece com o amuleto que produzimos aqui – disse a tratadora de pôneis, analisando o objeto. – Durante um tempo, a Fazenda Campo Verde andou mal das pernas. Daí o diretor, que é um homem muito inteligente, mandou plantar os trevinhos para vender como amuletos da sorte. Deu certo! Hoje, a fazenda exporta trevos para o mundo todo.

A moça me levou para conhecer a plantação. O terreno estava coberto de trevos de quatro folhas. Andei por um caminho ao longo do campo e avistei ao longe uma casa antiga.

O local era muito parecido com o cenário que eu via em meus sonhos. Precisei me concentrar para ouvir as explicações da tratadora:

— ...por último, na Casa Grande é onde fica o escritório central, a loja e o restaurante da empresa.

— Será que a minha mãe já me trouxe aqui? — indaguei, perplexo com o sonho premonitório que tivera.

A tratadora de pôneis me olhou como se tentasse desvendar o coeficiente da minha existência:

— Não... eu me lembraria de você.

✳✳✳

Ao cair da noite, deparei-me com uma pichação enorme no muro na frente da minha casa. Nela, dava para ler em letras garrafais:

"BINHO, O DÁLMATA!"

Minha mãe saiu de dentro de casa engrossando o caldo:

— Onde você esteve o dia todo? Você viu o sol que fez hoje? Não reclame se passar a noite toda com coceiras e...

Ao se deparar com a pichação no muro, minha mãe se calou. Ficamos alguns segundos ali parados, analisando a situação.

— Se você quiser, eu levo o cachorro embora — disse minha mãe com voz baixa, quase inaudível.

— Que droga! — explodi. — Agora já me afeiçoei a ele!

Entrei em casa batendo a porta. Simplesmente não sei por que fazia isso. Não consigo entender por que sentia tanta raiva.

*REFLEXÃO SOBRE A BELEZA*
*Se alguém me diz:*
*– És belo!*
*Entenderei como um libelo de intenção.*

*Mas se indagarem das marcas,*
*ou das farpas,*
*que trago no coração,*
*mostrarei que do flagelo*
*– fardo de um pretérito ruim –*
*sobraram muito mais belezas*
*do que as tristezas que carrego em mim.*

Aquele cachorro gostava muito de mim. Enquanto eu chorava, ele lambia minhas pernas insaciavelmente. Precisei estancar o choro para que finalmente parasse de me consolar.

"Eu sou moreno com manchas brancas. Meu cão é branco com manchas negras. Acho que a gente se completa", pensei.

Era mais do que isso. Aquele dálmata era o único que parecia gostar mais de mim do que do meu irmão. Na verdade, meu cachorro tinha medo do Zoé. Isso porque meu irmão tinha mania de morder tudo que encontrava pela frente.

"Vou colocar o cachorro no berço e Zoé na coleira", pensei, rindo.
Minha mãe havia se tocado da burrada que havia feito. Bom, pelo menos para isso a pichação serviria. Mas, agora, era necessário remover de sua cabeça a ideia de devolver o cachorro. Isso não seria correto comigo e nem com o bichinho.
— Preciso lhe dar um nome — eu disse, decidido.
— Não posso chamar você de "cachorro" para o resto da vida.
Observei o cãozinho por alguns minutos. Suas manchas lembravam borrões de nanquim em um papiro. Por isso, resolvi dar a ele o nome de Plauto, uma singela homenagem a um escritor que viveu na Roma Antiga.

★★★

Ao chegar em casa após a escola, encontrei minha mãe chorando. Perguntei o que estava acontecendo, mas ela limpou as lágrimas e disfarçou. Disse que era um problema com a pensão do Zoé e para eu não me preocupar.
Naquele dia, eu tinha sessão com o psicólogo. Aproveitei para desabafar:
— Minha mãe é uma pessoa muito triste. Deve ser difícil ter dois filhos, um de cada casamento, e ainda não receber pensão. Ela nunca me contou o motivo do término do casamento com o pai do Zoé, mas eu

ouvi recentemente uma conversa dela com Adelaine, a mãe do Conrado, sobre bebidas, alcoolismo e comportamentos violentos. Isso tudo me faz sentir inveja do Fabrizzio. Ele tem pai, mãe e um irmão mais velho para protegê-lo. Desculpe-me pelo desabafo, mas ser filho de mãe solteira não é fácil. Preciso lidar o tempo todo com sua carência, suas irritações, implicâncias e exigências sem fim. Quando ela sai com as amigas, fico pensando se não voltará com alguma companhia: um motoqueiro idiota que vai se achar o rei da cocada preta, um mané que vai querer ocupar espaço no sofá e mandar em mim; ou um desses super-heróis que vai tentar impor a todos um novo estilo de vida para salvar minha família de toda a desordem e de todo o caos.

O psicólogo mantinha o olhar distante. Era facilmente confundido com um olhar de atenção, mas, na verdade, era de fome. Seu estômago roncou tão alto, que me assustei.

– Prestou atenção no que eu disse? – indaguei.

– Claro – arregalou os olhos, como se despertasse de um profundo torpor. – Esse tipo de manifestação é muito saudável. É por isso que acredito que estamos nos superando aqui. Bom... seu tempo acabou. Espero que você tenha uma ótima semana, Binho.

✳✳✳

De cima do muro, Alexandro e sua turma coabitavam com o perigo. No movimento automático das mãos, os cigarros de maconha ziguezagueavam antes de aterrissar em suas bocas como um balão carregado de grosso plasma. O ar infecto devastava a mucosa de suas narinas e gargantas. E no molde das incoerências, uma colher de sopa era aquecida com um isqueiro. Em seu bojo, um conteúdo maléfico. A seringa transvoava de mão em mão. No cortejo das inflamações neurais, o dialeto incompreensível. Aqui e ali, o borbulho, o desenterro de ossos. No clarão de suas inocências, o ponto crítico de uma armadilha – a visão de tenebrosas gárgulas arquejadas sobre suas cabeças; um grito tenebroso de ajuda diante do angustioso espectro de suas infindáveis mediocridades.

Meus amigos e eu podíamos assistir a esse ritual diário através da janela de nossa sala de aula. Apenas nós enxergávamos o óbvio, pois naquela época os professores daquela escola eram dotados de uma incrível visão à prova de realidade.

"E pensar que eu tinha inveja de Fabrizzio", pensei. O rapaz coabitava com aquele ritual cataclísmico todos os dias. Mas não podia compreender em tão grande escala o fascínio que sentia pela escuridão em que seu irmão se encontrava.

Na hora da saída, Fabrizzio, como sempre, disse entusiasmado:

– Meu irmão está me esperando. Vou ali com a galera. Abraço.

Entre os rodamoinhos, algumas meninas entretidas com o cansaço existencial. Fabrizzio aproximou-se do grupo e recebeu um cigarro de maconha das mãos de Alexandro. Sem tempo para pensar no amanhã, o rapaz sorveu a fumaça escura de detritos e, por alguns segundos, guardou o devaneio para si. A seringa também lhe foi oferecida, mas Alexandro se interpôs. Puxado pelo colarinho de seu uniforme escolar, Fabrizzio foi conduzido por seu irmão até uma das fêmeas da alcateia. Os braços esquálidos da moça e seus olhos perfurados de angústia pousaram sobre o corpo diminuto de nosso colega. Ric, Aline, Cecília e eu acompanhávamos a cena como se assistíssemos a um filme de terror. Fabrizzio nos encarou e, mesmo de longe, deu para perceber seu sorriso. O rapazinho transformava a dimensão do caos em uma simples brincadeira de criança. A mulher vampirizada recebeu umas notas velhas das mãos de Alexandro e, sem perder tempo, sugou a boca de Fabrizzio como se pudesse possuí-lo até os ossos.

Ric parecia fascinado com a cena:

– Moleque de sorte!

Cecília, Ana e Verônica tinham uma expressão de nojo no rosto. Dei um tapinha leve na cabeça de Ric e o chamei à realidade.

– Pelo visto, você fundiu a cuca! Aquela pedrada realmente afetou seus sentidos!

Aline aproveitou para tirar fotos do estranho casal. Segundo ela, seria um bom material para as conversas do dia a dia.

– Fabrizzio não perde tempo – disse a moça, levando consigo Ana e Verônica.

De longe, ouvi um barulho peculiar. Era o cano de descarga de nosso velho Chevette atravessando a avenida principal.

– Ah, não! – exclamei.

– Não é a sua mãe? – indagou Cecília.

– Pior que é...

Alexandro escondeu o cigarro. Os incivis aprumaram seus uniformes e puseram-se a gargalhar como se perpetrassem o mais incógnito dos ardis.

– Mãe, o que veio fazer aqui? – indaguei inconformado.

– Vim te buscar.

Para meu desespero, ela saiu do carro para falar com os meus colegas. Botou a língua pra fora, disse várias gírias antigas, ficou imitando adolescente com a boca meio mole e cumprimentou todo mundo com soquinhos.

Até gente que eu não conhecia ela cumprimentou. Eu queria morrer.

– Acho que vou ter que mudar de escola – eu disse para Cecília.

– Deixa de ser bobo, Binho. A barra aqui está pesada. Eu gostaria que minha mãe me pegasse na escola de vez em quando.

Alexandro e seu grupo davam gargalhadas sem fim.

– Quer uma carona, Cecília? – indaguei.

– Não, na verdade, o Ric se ofereceu para me levar até minha casa. Temos trabalho de grupo pra fazer.

– Ah, tá...
Um vulcão cheio de lava começou a aquecer o meu estômago. Cecília tirou os cabelos dos meus olhos e disse sorrindo:
– Não se preocupe.
Eu sorri aliviado.
– Binho! *Bora*, meu filho! – gritou minha mãe. Do outro lado da rua, Alexandro e Fabrizzio se divertiam.
– Já vou.
Dei um beijo no rosto de Cecília e passei minhas mãos em seus cabelos, liberando um cheiro gostoso no ar.
– Tchau!
– Tchau!
Assim que entrei no carro, comecei o interrogatório:
– Mãe! O que deu em você? Por que veio me buscar na escola? Morreu alguém? Estão evacuando a cidade? Estamos sendo atacados por alienígenas?
Minha mãe só tinha olhos para Cecília:
– Aquela menina gosta muito de você.
– Não mude de assunto, mãe.
– E você também parece gostar dela.
– Sim, eu gosto, mas não vou discutir esse assunto com você.
– Tá bom, tá bom, você tem seu psicólogo e...
– Mãe, o que você quer? – indaguei irritado.
– Nada. Só quero cuidar do meu filho mais velho. Por quê? É proibido lhe buscar na escola?

– Sim! É proibido, sim. Você quase me matou de vergonha! Meus colegas vão me ridicularizar até o final do ano!

– Seus amigos estão com inveja, pois você tem uma mãe que o busca na escola e eles não. Você devia aprender com o seu irmão a dar mais valor à família. Precisa ver a alegria dele todos os dias quando me vê no portão da creche.

Dei um tapa na testa que ardeu até o fim do dia.

– Me conta... o que a Adelaine queria com você semana passada? – indagou minha mãe.

Eu sabia que tinha areia nesse angu.

– Quem? – indaguei, fingindo-me de bobo.

– A mãe do Conrado – insistiu minha mãe. – Soube que ela veio aqui conversar com você na escola.

– Ué, é proibido?

– Não, claro que não. Só quero saber o teor da conversa.

– Ela quis me agradecer pela carta que escrevi. Todos mandamos cartas para animá-la.

– Mas ela também agradeceu aos seus colegas ou foi só você?

Fiquei olhando pra minha mãe por um tempão.

– Por que você quer saber?

– Por nada, oras – respondeu ela. – Só quero saber... Nós não vemos a Adelaine há muito tempo e eu estou um pouco preocupada com ela.

– Sei...

✱✱✱

A tarde era de sol.

Aprisionado em meu quarto, com a segunda carta de Conrado nas mãos, meu coração relampeava de forma assustadora. Romper o lacre do envelope era tornar um pouco mais definitiva a partida de meu melhor amigo.

A emoção mandava guardar as cartas e esquecer o assunto. Mas a razão me mandava investigar um pouco mais. Afinal, o enigma da caixa de madeira começava a me incomodar.

Resolvi fazer uma retrospectiva de tudo que acontecera:

"Conrado morreu e deixou uma caixa de madeira para mim com um amuleto do Rancho Novelo de Lã, uma foto dele neném e três cartas.

A localização do Rancho Novelo de Lã é um mistério. Sei que Conrado fez terapia na Fazenda Campo Verde, que também comercializa trevos de quatro folhas.

Cecília parece saber de algo que eu não sei – algo que a fez gostar de mim.

Dona Adelaine anda me rondando. E isso tem incomodado minha mãe."

– As pistas não batem! – irritei-me.

Com raiva, rompi o lacre da segunda carta e li seu conteúdo:

*Querido amigo Binho, você foi e sempre será meu braço direito. Sua marca no mundo é maior do que a minha. Aproveite para não se perder jamais.*

*Os melhores contos de fada do mundo foram escritos por artistas verdes como nós. Eles também ficaram "blue" quando se separaram! Mas não fique triste, Binho. A vida resguardou coisas muito boas pra você.*
*Estou contigo agora.*
*Do seu amigo eterno, Conrado.*
*Rancho Novelo de Lã, 12 de janeiro de 1985.*

Terminei a leitura com muito mais dúvidas do que quando comecei. "Verde", "blue", "contos de fadas"? O que Conrado queria dizer com tudo isso?

\*\*\*

O tic-tac das horas ponteando o prisma do tempo. Ali na parede do consultório do psicólogo, o tempo tinha medo de partir: ficava escondidinho numa gaveta e, de vez em quando, punha a cabeça pra fora e gritava:

– Surpresa!

Sentado diante do especialista, minha alma corria longe. Eu estava ali obrigado, então, decidi invocar o meu direito de ficar calado.

– Você gostaria de falar sobre o desencarne de seu amigo Conrado? – indagou o psicólogo.

– Sempre gosto de falar sobre esse assunto, especialmente quando tenho um bom ouvinte – respondi malcriado. – O que adianta expor minha vida e escutar algum "uhum", ou um elaborado "sei", ou, na melhor das hipóteses, um hipócrita "nossa, que legal"?

O psicólogo pareceu engolir a língua.
— Você me parece um pouco hostil hoje, Binho.
— E não é para estar? Eu tenho vitiligo e não posso sair no sol. Sobra-me pouco tempo para curtir a vida. Ao invés de fazer terapia no fim da tarde, eu podia estar lá fora com meus amigos.
— Soube que você é muito estudioso!
— É o que me resta — respondi. — Não posso sair de casa em dias quentes, então fico em casa lendo.
— Gosta de ler o quê? — interessou-se o analista.
— Tudo, mas principalmente sobre psicologia.

O doutor, ameaçado, lançou um sorriso cético.
— Como assim? Você tem apenas 15 anos.
— Mas sei reconhecer um psicanalista de longe. Você está parado no tempo. Seu trabalho é ficar calado enquanto eu falo. Você gosta disso. Quer que eu escute o meu "eu interior". E isso, já faço quando estou sozinho dentro do meu quarto.

Eu sabia que estava sendo rude e absurdamente injusto. Mas o psicólogo não se abateu:
— Por que fica sozinho? — indagou, impassível.
— Ai, não! Mais perguntas?! — protestei. — Isso que você está fazendo se chama "maiêutica", ou "parto de ideias". Uma análise socrática que permite extrair ideias que o paciente tem sobre o mundo. Meu irmão adora me fazer perguntas. Logo, não preciso de você.
— Sua mãe me contou sobre uma garota...

– Ah, não! – rebelei-me. – Você anda conversando com minha mãe? Isso não é certo. Você não pode fazer isso!

– Eu atendo os dois. Você e sua mãe. Às vezes, ela me fala que se preocupa com você.

– Vocês não precisam se preocupar. Estou bem. Só ando irritado com um enigma.

– Enigma?

– Sim, meu amigo Conrado deixou-me um enigma antes de morrer. E isso está me matando.

– Posso ajudá-lo a desvendar?

– Não, obrigado. Isso é coisa minha.

De repente, o relógio cansado apontou o encerramento daquela sessão de tédio.

– Ops, fim do horário – eu disse, apressado. – Tenho que ir.

– Tudo bem – respondeu o psicólogo, um pouco frustrado. – Mas não deixe de vir à próxima sessão. Você ainda tem uma grande estrada de tijolos amarelos para percorrer.

Do mesmo jeito apressado que saí, voltei.

– Como é? Repita isso.

– Estrada de tijolos amarelos?

– Sim, o que significa?

– Ah, é uma expressão. É do filme *O Mágico de Oz*. A estrada de tijolos amarelos é uma metáfora do caminho que precisamos percorrer para encontrar a verdade que já existe dentro de nós.

– Genial!

O psicólogo arrumou a gravata e se gabou:

– Obrigado.

– Análise realmente funciona! – comemorei. – Quem poderia supor que essas consultas finalmente me ajudariam?

Evadi o consultório médico deixando para trás o doutor com seu olhar suspenso no espaço.

*\*\**

O videocassete lá de casa estava com problemas, mas consegui assistir à fita com *O Mágico de Oz* na casa do Ric.

– Está conseguindo ver bem, Ric?

– Só a metade, mas estou gostando.

O olho esquerdo de Ric estava protegido por um tampão.

– Por que resolveu atirar pedras na mangueira do seu Isaías, Ric? – indaguei. – Na sua casa tem duas mangueiras carregadas!

– Manga roubada é mais gostosa – respondeu.

– Bem feito. O que vai, volta! A pedra ricocheteou na árvore e bateu na sua cara.

– Sem contar a infecção alimentar causada pela terebintina da manga! – mostrou-me o braço cheio de placas vermelhas.

Na tela, Judy Garland cantava *Somewhere over the rainbow*.

— Linda essa menina! — exclamou Ric. — Por que nunca a vi em nenhuma novela?

Fitei Ric com os olhos arregalados. Ave, Maria! Assim como o espantalho do filme, meu pobre colega padecia pela falta de um cérebro.

— Está calor aqui dentro. Vou abrir a janela — disse Ric, levantando-se.

Do lado de fora, um fenômeno invisível tornava pretensiosa qualquer explicação sobre a existência de Deus. No campanário celeste, uma fenda de vermelhidão sanguínea revelava o crepúsculo. Seu movimento de cores transcendia o significado da existência e realizava, junto com os pássaros, uma coreografia que misturava nossos sentidos. Ric estatelou seu olho bom no horizonte e, diante da prenda divina, se reconheceu poeta:

— Veja, Binho! Dá pra sentir o gosto das nuvens!

Eu ri. O céu que prefaciava a primavera era espécie de cadafalso para nossas brutalidades. Ric poderia não ter cérebro, mas tinha um imenso coração. E naquele momento, era o que eu mais precisava.

— Primavera é uma palavra latina — eu disse. — *Prima* quer dizer "primeira" e *vera* quer dizer "verdade".

— Logo, primavera significa "primeira verdade"? — indagou Ric.

— Isso. Será que conseguirei, em plena primavera, chegar à primeira verdade sobre esse mistério das quatro estações?

— Que mistério? — Ric quis saber.

— Vamos assistir a todo o filme. Depois, prometo lhe contar o que sei.

Enquanto Ric se recuperava do machucado no olho, fiquei de passar em sua casa todos os dias após a aula para ajudá-lo com a matéria escolar. Além disso, era uma ótima oportunidade para pensarmos juntos na resolução do enigma.

Os complexos exercícios de matemática passados pelo professor foram resolvidos na velocidade da luz. O que nos intrigava de verdade eram as pistas deixadas por Conrado em sua segunda carta:

– "Você foi e sempre será o meu braço direito. Sua marca no mundo é maior do que a minha. Aproveite para não se perder jamais. Os melhores contos de fada do mundo foram escritos por artistas verdes como nós. Eles também ficaram "blue" quando se separaram! Mas não fique triste, Binho. A vida resguardou coisas muito boas pra você".

– Ler a carta mil vezes não ajuda em nada, Binho – protestou Ric. – Já sabemos do óbvio: verde é uma cor. Significa imaturidade e inexperiência.

— *Blue* também é uma cor — refleti. — Significa tristeza em inglês.

— Então, existe uma relação entre "blue" e tristeza — complementou Ric. — Por outro lado, Conrado diz que "os melhores contos de fada do mundo foram escritos por artistas verdes".

— Será que isso tem a ver com a Fazenda Campo Verde? – indaguei.

— Não – disse Ric. — Isso tem a ver com você e o Conrado. Você sempre foi o escritor da turma. Ele era o desenhista. Lembra quando vocês produziam gibis artesanais? Todo mundo na escola gostava.

Eu dei um sorriso nostálgico. Antes mesmo que pudesse dizer algo, as lágrimas começaram a correr pelo meu rosto.

✳✳✳

Um dia, após a escola, estava a caminho da casa do Ric, quando Alexandro e seu grupo de idiotas mexeram comigo:

— Ei, vaquinha de presépio!

O grupo se desmanchou em risadas. Não me aguentei e, pela primeira vez na vida, retruquei. Mandei-os calar a boca. Não sei por que fiz isso... sinceramente, não sei! Acho que foi raiva contida.

Mas, se tivesse pensado melhor, teria agido com indiferença. Alexandro e seus amigos partiram para cima de mim. Assustado, corri. Mas logo faltou ar nos meus pulmões, e acabei sendo alcançado.

Nem sei quando as surras começaram. Só sei que apanhei de todos os lados: chute no rosto, soco no estômago, cotovelada na cabeça e joelhadas. Se eu fosse um músico, ouviria "ding-dongs". Se eu fosse um mágico, ouviria "zing-zongs". Se eu fosse um palhaço, ouviria apenas as risadas dos poucos transeuntes que assistiam à cena sem fazer nada. Mas como sou escritor, escutei onomatopeias:

"SOC", "CHUT", "PIF", "PAF", "AAAAH"!

Fiquei ali, estendido. Meu coração batia a milhas de distância. Meu cérebro estava eletrizado. Mas meu corpo adormecia flácido, dolorido, estirado no chão cheio de sangue. Tentei me levantar, mas um dos meninos me nocauteou com um novo chute na cabeça.

– Você vai morrer! – gargalhou Alexandro.

Lábios azuis, rosto vermelho, coração acelerado. Respira, respira! Nada! Sol, meio-dia, retrato do calor, fumaça da calçada fumegante. Energia! Onde está a energia?

Alexandro tirou uma seringa do bolso e enfiou a agulha no próprio braço.

– Ei, o que você está fazendo? – indagou alguém com voz de trovão.

– Estou tirando meu sangue para injetar no corpo desse idiota – sorriu Alexandro.

– Você não pode fazer isso – novamente a voz de trovão.

– Posso, sim. Peguei essa doença por causa de uma maldita agulha contaminada. Deus me castigou, pois, pelo visto, não sou um menino bom. Agora, veja esse cara. Ele foi bom a vida toda. É bom aluno, tem amigos, é o queridinho da mamãe! Mas eu vou levá-lo junto comigo. Depois que eu colocar esta agulha em seu braço, teremos uma prova definitiva sobre a justiça de Deus. Vamos ver se Ele é assim tão justo como dizem por aí.

Eu estava sufocando e não vi mais nada. Apaguei.

Luzes vermelhas. Olhares atentos. Um médico fazendo respiração boca a boca. Tento dizer meu nome, tento dizer meu endereço. A voz não sai. O ar não entra.

Novo apagão.

\*\*\*

Depois de uma longa viagem astral, acordei no hospital. Raquel passava as mãos em meus cabelos.

– Você!

– Não fale! – disse a jovem enfermeira. – Você precisa descansar. Passou por uma terrível provação. Mas agora está tudo bem.

– A seringa... O pirata injetou sangue contaminado em mim? – indaguei procurando marcas de injeção em meus braços.

Raquel sorriu:

– Não. Você teve muita sorte, Binho.

Adormeci. Horas mais tarde, abri os olhos novamente e vi a imagem embaçada de meu médico.

– Olá, Binho. Como está se sentindo? Diante de meu silêncio, o médico deu início a sua análise clínica:

– Você teve muitas escoriações e hematomas, queimaduras leves por causa do sol e uma torção. Queremos ter certeza de que não houve danos em seu cérebro. Você ficará aqui em observação esta noite. Ao longo da semana, sentirá o corpo inchado e terá dores de cabeça e coceiras. Mas ficará bem.

– Onde está minha mãe? – indaguei.

O doutor abriu a porta e minha mãe entrou no quarto visivelmente emocionada:

– Binho, o Alexandro não vai mais lhe incomodar, eu prometo. Está detido e responderá por lesão corporal, porte de drogas e tentativa de assassinato. Durante o processo judicial, terá que fazer um tratamento contra dependência química.

– Ele quis injetar seu sangue em mim – murmurei.

– Sim, mas o irmão dele o impediu.

– Fabrizzio?

– Sim. Ele lutou com Alexandro e tirou a seringa de sua mão, chamou pelo resgate e ficou ao seu lado até eu chegar.

Meus olhos se encheram de lágrimas.

– Coração, cérebro e coragem – murmurei.

– Como é? – indagou minha mãe.

– Ric tem o coração, eu tenho o cérebro e Fabrizzio tem a coragem.

Minha mãe pegou novamente em minha mão e, como se me preparasse para um grande surpresa, disse:

– Você tem uma visita muito especial, meu filho.

Minha mãe saiu do quarto e abriu espaço para Cecília entrar. Ao ver minha amada, levantei a cabeça meio de qualquer jeito e grunhi:

– Cecília?

Mas logo me senti tonto e voltei a me deitar. Cecília entrou no quarto e fechou a porta atrás dela. Fiquei meio sem jeito por ela me ver naquele estado. Eu devia estar com uma aparência péssima. Mas a menina parecia feliz em me ver. Estava linda, com um vestido estampado e uma bolsinha a tiracolo.

– Oi – eu disse, sorrindo.

– Oi – ela respondeu, igualmente sorridente.

Não precisávamos dizer mais nada. Cecília se aproximou da cama, tirou os cabelos do meu rosto e beijou-me.

Foi excitante. Eu não conseguiria (e nem deveria) descrever com palavras tudo que senti. Mas vou tentar: meu corpo todo vibrou com aquele beijo. Senti-me alegre e também meio bobo, meio triste... Um carrossel de emoções me chamava para dançar. Parecia que aquele beijo fizera o barco da minha infância partir para longe. Estivera nesse barco por muito tempo. E agora o abandonara e o deixara à deriva.

– Era isso que você queria fazer, não é, Binho? – perguntou ela.

— Sim... era! – respondi com um sorriso machucado e cheio de estrelas. – Mas faltava-me coragem.
– Como o Leão de *O Mágico de Oz*.
– Isso – sorri.
– Queria que você soubesse que gosto muito de você.
– Eu também.

Beijamo-nos de novo. Mesmo entregue, nem todas as vertentes de meus sentidos estavam direcionadas para o amor. Havia algo de errado. E eu não queria saber o que era. Mas a razão – mais uma vez a razão – não parava de me incomodar. Então, desgrudei meus lábios, afastei os cabelos de Cecília, que caíam sobre seus olhos, e indaguei-lhe:

– Antes de o Conrado morrer, você não parecia gostar de mim. Por que mudou de ideia tão rápido?

Cecília ficou com o rosto vermelho, mas venceu a timidez e esclareceu:

– Na verdade, sempre gostei de você.
– E por que me tratava tão mal?

Cecília embargou a voz:

– Isso aconteceu porque...
– Pode falar – incentivei.
– No final do ano passado, Conrado me contou que estava apaixonado por mim. Ele já estava internado e passei a visitá-lo com mais frequência. Eu gostava dele como amiga, mas ele gostava de dizer que era meu namorado. Eu não desmentia, pois não queria que ele sofresse ainda mais. Aline soube de meu namoro com

o Conrado e contou tudo para o Alexandro. Ele começou a espalhar boatos sobre você e eu para afetar a sua amizade com o Conrado. Não queria que Aline e Alexandro soubessem de meus verdadeiros sentimentos por você. Por isso, comecei a lhe tratar mal. Por esse mesmo motivo, não o convidei para o meu aniversário. Conrado estava disposto a dançar comigo e eu não queria magoar você.

Aquilo bateu em mim como uma bomba. Fiquei parado por um minuto, meditando sobre aquelas informações. Eu simplesmente não podia acreditar. Imediatamente, lembrei-me da tristeza de Conrado ao se despedir de mim após a festa:

– *Conversei com a Cecília. Ela sabe!*

– *Ela sabe o quê, cara?*

– *De tudo!*

Na mesma hora, larguei a mão da Cecília.

– O que foi, Binho?

– Não posso, desculpe.

– Não pode o quê?

– O Conrado gostava de você. Não posso. Não seria correto!

Cecília tentou argumentar:

– Mas, Binho... O Conrado conversou comigo na festa. Ele reparou que nós nos olhávamos o tempo todo. Foi por isso que ele preferiu desmanchar o namoro que tínhamos. Ele disse que eu não precisava me sentir culpada por gostar de você e que queria o nosso bem.

– Ainda assim, Cecília, ele não parecia feliz com a situação. E pensar que o coitado fez um esforço danado para ir a essa festa, pensando que agradaria a menina de quem gostava. Não posso acreditar que fui o responsável por toda essa tristeza! Não posso acreditar que traí os sentimentos do meu melhor amigo!

– Mas, Binho... O Conrado não está mais aqui!

Aquilo me enfureceu:

– Como ousa dizer isso?

– Isso? Isso o quê?

– Nunca mais fale assim, ouviu? – explodi. – O Conrado sempre será o meu melhor amigo!

– Mas, Binho, você precisa aceitar...

– Ele vive! – cortei. – Ainda me comunico com o Conrado através das cartas que ele deixou pra mim. Desculpe, mas não posso namorar com você.

– Escuta, Binho! Tem outras coisas que você precisa saber.

– Não me importa! Não quero mais ficar com você. Por favor, vá embora!

Cecília arregalou os olhos e emudeceu. Senti-me péssimo, mas me mantive firme. A menina virou as costas e saiu do quarto com as mãos tremendo.

Os monstros pré-históricos estavam nervosos – pulavam e criavam um abalo sísmico dentro do meu peito. Meu coração estava em frangalhos. Meu melhor amigo morrera logo após uma terrível desilusão amorosa. E ele era tão jovem! Comecei a chorar de raiva.

E pensar que, no mesmo instante, eu mandara o amor

da minha vida embora! Seus cabelos ao vento, a caminho de casa, suas mãos tímidas ainda trêmulas sobre o guidão da bicicleta rosa, seus olhos marejados de tanto chorar. Meu coração disparou e o monitor acima de meu leito registrou com precisão o infortúnio daquelas horas de angústia.

*ÚLTIMO POEMA PARA ELA*
*Se ela soubesse*
*que todos os uivos não cabem na lua.*
*Se ela quisesse,*
*meu rosto deslizaria pelas curvas do meu sorriso.*
*Ainda luto.*
*Visto o preto, o corvo, digladio com a tristeza*
*e perco.*
*Se ela imaginasse*
*que espio suas verdades pelas frestas.*
*Se ela morresse,*
*eu começaria a enxergar o vento.*

*\*\*\**

— Me perdoa, padre, pois eu pequei.
A igreja estava vazia e o padre roncava alto dentro do confessionário. Depois de tomar um susto comigo, ele indagou:
— Quem é? É você, Binho?
— Sim, sou eu.

— Mas você nem é católico, o que faz aqui?
— Não sou católico, mas também sou filho de Deus, ora. E eu pequei!

O padre respirou fundo. Devia estar fazendo a *siesta* após comer dois quilos de embutido com arroz e farofa.

— Todo mundo peca, meu caro Binho. Isso só prova que você é gente. Agora, vai curtir seu feriado e me deixa dormir em paz.

— Mas o senhor nunca mais foi à minha casa. Daí, se Maomé não vai à montanha...

O padre abriu um de seus olhos e indagou irritado:

— Você, por acaso, tem alguma religião?

— Claro, seu padre — respondi animado. — Minha cama repousa sobre bases evangélicas.

— Hummmm, bonito isso!

— O pé da cama quebrou, daí coloquei a Bíblia para aparar.

O padre bufou indignado e voltou a dormir.

— O assunto é sério, seu padre. Eu beijei uma garota e depois recusei namorar ela.

Pensei estar revelando um pecado terrível. Mas o padre, de olhos fechados, respondeu:

— Fez bem, fez bem... você é muito novo.

— Mas ela saiu chorando.

— Isso não é pecado nenhum, Binho, é bom senso — respondeu o homem, ainda de olhos fechados.

— Mas eu não queria vê-la chorando.

— Deus está feliz com você. Agora se manda!
— Mas ela é tão linda. Eu fiz a garota mais linda do mundo chorar.
— Não foi a primeira e nem será a última vez. Vá pra casinha!
— Eu sei que o senhor não tem a menor ideia do que seja isso, porque o senhor é padre e não pode namorar. Mas me sinto tão bem perto dela!
— Mas, meu Deus, será que eu estou falando alemão? *Lästige Kind!* — xingou o padre, acordando de vez.
— Se o senhor tivesse se apaixonado na minha idade, certamente não ia querer ser padre, posso lhe garantir.

Irritado, o padre saiu do confessionário e disse:
— Tá bem, tá bem! Mas vamos conversar aqui fora!

Foi um alívio! Não aguentava mais ficar ajoelhado dentro daquela casinha de madeira.
— Por que não quis namorar a garota? — indagou o padre.
— Ela me disse que o Conrado era apaixonado por ela.

O padre coçou a cabeça e pareceu entender a dimensão do problema.
— Você leu as cartas do Conrado?
— Só as duas primeiras.
— Não viu que ele deseja sua felicidade?
— Sim.

– Então, faça isso. Onde o Conrado está, certamente existem coisas melhores para fazer do que namorar. E me dá licença que está na hora de fazer um lanche. Volte apenas quando descobrir o enigma da caixa de madeira.
– Não é "o enigma da caixa de madeira". É "o mistério das quatro estações"! Quero transformar essa experiência num livro.
– Você é quem sabe! – disse o padre, dirigindo-se à copa da igreja. – Mas "o enigma da caixa de madeira" é um título mil vezes melhor.
– Seu padre, mais uma coisa...
– Pois não – disse o alemão, sem desacelerar o passo em direção à copa.
– Você já ouviu falar em escritores de contos de fada que são verdes e tristes?
O homem se perdeu na escuridão da igreja.
E de lá ouvi apenas o silêncio.
– Seu padre?!

✷✷✷

No dia seguinte, o padre me ligou:
– Já descobriu?
– Já descobriu o quê?
– O que o Conrado quis dizer com "escritores de contos de fada verdes e tristes"?
– Achei que o senhor não tivesse escutado.
– Refere-se a mim ou ao Senhor de Todas as Coisas?

– Ao senhor mesmo, seu padre.

– Eu não escutei. Mas o Senhor de Todas as Coisas costuma ouvir todos os seus filhos, os mais chatos inclusive, e manifestou em mim uma terrível culpa, além de uma singela curiosidade que me fez ficar acordado a noite toda. Diga-me, Binho, o que você tem lido ultimamente?

– Ora, que pergunta. Estou terminando um livro pra escola. O autor vai até nossa escola e...

– Acabe rápido com essa leitura e comece a ler os títulos que vou lhe ditar agora.

– Tá bem, tá bem – eu disse, catando papel e caneta.

– Anota aí, bem anotado: *Gata Borralheira, Branca de Neve, Rapunzel, Chapeuzinho Vermelho*...

– Espera, espera um pouco! Isso são histórias infantis! Eu conheço todas.

– Não conhece, não! Não conhece, não! – disse o padre, meio irritado. – Vocês, adolescentes, acham que sabem tudo e na verdade não sabem nada. Faça o que eu digo: corra até a Biblioteca Municipal e pegue emprestados esses livros que indiquei! E rápido! Sua felicidade depende disso! Adeus.

Terminou o diálogo desligando o telefone na minha cara... fiquei sem entender o que ele quis dizer. Como assim: "sua felicidade depende disso"?

✳✳✳

Os dias que se seguiram foram muito difíceis para mim na escola. Ninguém queria fazer dupla comigo na hora do trabalho de Português. Na aula de Educação Física, fui o último a ser escolhido na divisão dos times. Fiquei no recreio lendo num canto. Nem mesmo o Ric quis me dar bola. Pedi que fosse comigo à cantina e o ingrato respondeu:

– Desculpe, Binho. O que você fez com a Cecília foi muito grave.

Meus colegas estavam irados. Diziam à boca pequena que eu teria me aproveitado de Cecília para, depois, lhe dar um fora. Mas claro, tinha um dedo da Aline em toda essa história.

Ela havia lançado um jornalzinho escolar. O nome do diário era *O Schoolacho* e, pelo menos no nosso bairro, vendia mais que o jornal local. Aline assinava uma coluna social chamada "Schooliose". Todo mundo lia a coluna para saber as novidades referentes a namoros, paqueras e outras invasões de privacidade.

Eu não curtia muito esse jornal, mas decidi comprar. E lá estava o seguinte título, estampado na coluna da Aline:

"MENINO BEIJA E DEPOIS DÁ O FORA!"

– Não me faça rir! – exclamei diante do olhar atento de meus colegas.

A Cecília, claro, brigou com a Aline por causa do escândalo. Mas nem adiantava engrossar a voz. A fofoqueira andava pelos corredores da escola com a Constituição debaixo do braço e, quando alguém reclamava de sua coluna, ela abria o livro no artigo 5º e dizia: "é livre a manifestação do pensamento".

Apenas Fabrizzio ficou do meu lado. Mais uma vez, ele demonstrava seu carinho por mim. A despeito de todas as críticas que lhe fizera, o rapaz dava provas de seu amadurecimento:

– Não quero mais entrar nessa de fazer o que todos fazem. A partir de agora, viverei minha vida independentemente do que todos pensam.

– Obrigado por salvar minha vida – eu disse. – Devo-lhe desculpas, pois nem sempre fui tão bom para você quanto você tem sido para mim.

– Se me deve, peço apenas que reze por meu irmão – respondeu, com os olhos carcomidos pela tristeza. – Ele está muito doente.

– Rezarei.

No final do dia, Cecília percebeu que ninguém queria se sentar ao meu lado durante a aula de leitura na biblioteca; então, se aproximou e perguntou se o lugar estava vazio.

– Está, sim – respondi.

Ao se sentar, indagou:

– Em que capítulo você está?

– No penúltimo – eu disse, mostrando a página.

– Ainda estou no antepenúltimo.

– Então, vou esperar você. Daí a gente descobre o mistério juntos.

Cecília topou. E nós ficamos encaixotados em nossas cadeiras, lado a lado, com a respiração compassada e os olhos vidrados nas páginas de nossos livros. Lá pelas tantas, entrelaçamos nossos dedos num abraço apertado de mãos e assim ficamos até o final da leitura.

Pousei a cabeça no ombro de Cecília e, em seu ouvido, caiu a palavra tão necessária para aquele momento:

– Desculpe-me.

Cecília fez carinho na minha cabeça e reconheci o gesto como um "tudo bem". Nossos colegas ficaram nos olhando e fofocando entre eles. Não estávamos nem aí. Só queríamos ler com nossos dedos entrelaçados. Pois assim é bom viver!

✳✳✳

Às 5h da manhã, eu já estava acordado e morrendo de ansiedade. Fui correndo para a escola. Quando o zelador chegou para abrir os portões, ficou assombrado de me ver ali:

– Caiu da cama, foi?

– Mais ou menos isso! A que horas ele vai chegar?

– Quem? Jesus?

– Não, o escritor.

– Ah, tá... a palestra está marcada para as 9h.

Eu queria ser o primeiro a conversar com ele, a fazer as perguntas, a receber o autógrafo. Eu devo ter olhado pelo menos umas cinco vezes na minha mochila para averiguar se o livro estava ali.

Logo começaram a chegar os meus colegas. Eles não estavam tão ansiosos como eu. Muitos não estavam nem ligando. Alguns nem tinham comprado o livro e outros haviam esquecido em casa. Ouvi a Aline comentando com seu grupo de "alinetes":

– Ai, que saco, tem palestra hoje.

A primeira aula do dia era de Matemática. Mas quem disse que eu conseguia me concentrar nos exercícios?

De repente, o Opala da editora parou na porta da escola. Não me aguentei e disse:

– É ele!

Se a escola fosse um barco, com certeza adornaria, pois todos se aproximaram da janela para ver o escritor chegar.

– Voltem para os seus lugares! – ordenou o professor.

O escritor vestia uma camisa branca e calças rasgadas de roqueiro. Seu cabelo estava despenteado de um jeito engraçado. A diretora foi recebê-lo, e ele logo sumiu do enquadramento da minha janela.

– Binho, volta pro seu lugar – mais uma vez o professor.

– Ah, o sinal que não toca! – resmunguei. – Passei o ano odiando esse maldito sinal. Mas, hoje, quero ouvir o...

UóóóóóÓÓÓÓÓÓÓÓÓóóóóó!

Foi o professor quem deu a deixa:

— Guardem seus materiais e vão ORGANIZA-DAMENTE até o auditório.

Que piada! Foi um tentando atropelar o outro!

※※※

A escola toda estava naquele auditório. Que raiva, que raiva! Estava morto de ciúmes de ter que disputar espaço com aquela gente toda.

Logo no começo da palestra, o escritor nos lançou uma pergunta:

— Alguém aqui tem um sonho?

Todo o auditório levantou a mão.

Fabrizzio queria ser major do Exército, Cecília queria fundar uma ONG de apoio aos animais, Verônica queria ser prefeita da cidade, Aline queria ser editora de uma revista feminina e o Ric... disse que se contentaria com um "refri".

O escritor, então, tomou a palavra:

— Antes de pensar em realizar seus sonhos, façam três perguntas simples para si mesmos: "quem eu sou", "de onde eu vim" e "para onde eu vou". Quando puderem responder essas três perguntas, suspeitarei que vocês obtiveram êxito na difícil tarefa de ser feliz.

Fiquei pensando se conseguiria responder essas três perguntas. Fiquei me perguntando se podia me considerar uma pessoa feliz.

De repente, o escritor lançou outra pergunta:

— Quem aí gosta de poesia?

Só eu levantei a mão! A galera quis me achincalhar, mas o escritor não deixou:

— Muito bem! Daí eu pergunto para todos vocês: o que é poesia?

Silêncio. O escritor ironizou:

— Como a maioria pode afirmar não gostar de algo que não conhece?

Em seguida, o escritor me passou a palavra. Muito tímido por ter que falar no microfone, respondi à pergunta:

— Muita gente confunde poema com poesia. "Poema" é um tipo de texto escrito em versos. Já "poesia" é a expressão de sentimentos.

O escritor fitou-me com olhar de aprovação:

— Perfeito! Tinha que ser um jovem escritor para explicar algo tão complexo de forma tão simples.

— Como é que você sabe que eu escrevo? — indaguei, surpreso.

— Meu caro Binho... Nós, escritores, nos reconhecemos pelo olhar!

Não acreditei. Como é que ele poderia saber meu nome? Senti um gosto de saciedade na boca, uma explosão de vitória no peito e uma congestão de histórias dentro da barriga.

Naquele momento, pensei: "É evidente que a diretora da escola falou sobre mim. Só pode".

Assim que a palestra terminou, formamos uma fila diante do escritor. Quem não tinha o livro se deu mal e não recebeu autógrafo.

Quando chegou a minha vez, o escritor perguntou:
– E aí, como vai a sua produção literária, Binho?
Fiquei meio mudo, sem saber o que dizer:
– Vai bem!
– Binho, lembre-se sempre de que tudo é texto. Tudo pode ser codificado com palavras.
– Até a emoção?
– Claro! E experimente misturar os sentidos ao escrever. Esse é o pulo do gato. Ao escrever, dê sabor aos perfumes, cor aos sentimentos, cheiro às palavras e você vai sempre se sair bem.
– Tenho uma história. Gostaria de transformá-la em um livro. Já tem até nome: "O mistério das quatro estações".
– Mande algumas páginas e terei prazer em ler.
– Posso fazer uma última pergunta?
– Claro.
– Você gosta de escrever mistérios, não é mesmo?
– Sim. E adoro ler também.
– Certo. O que faço para desvendar um mistério?
– Como é?
– Fiquei pensando... Quem sabe criar mistérios, também sabe decifrá-los. Estou passando por um e não sei o que fazer.

O escritor parou um pouco pra pensar e respondeu:
– Se atente aos detalhes. E pense sempre no óbvio. O nosso cérebro é preparado para pensar nas maiores extravagâncias. Nunca no óbvio.

— Certo...
Logo, a chata da Aline chegou para roubar a cena. Ela trazia um de seus jornais e queria a qualquer custo que o escritor lesse a sua coluna ali, na frente de todos.

— Foi um prazer lhe conhecer — despedi-me.

— O prazer foi todo meu, Binho — respondeu o escritor. — E, olha, cuida bem da Cecília. Ela, pelo visto, gosta muito de você.

Um enxame de alunos rodeou o escritor e eu o perdi de vista. Fiquei parado, com cara de bobo, olhando para o horizonte.

Foi ali que percebi: Cecília havia conversado sobre mim com esse escritor. Mas de que modo?

— Ela deve ter entrado em contato com ele através de cartas — disse Ric atrás de mim.

— Como é que é? — indaguei.

— É fácil. É só mandar uma carta para a editora. Deve ter sido assim que a Cecília entrou em contato com o escritor.

— O que está fazendo aqui, Ric? — indaguei amuado. — Achei que estivesse zangado comigo!

Ric passou o braço em volta do meu pescoço e seguiu caminhando comigo pelos corredores:

— Não consigo ficar brabo com você por muito tempo. Eu bem que tentei, mas não consegui. Você é o único que me paga um "refri" de vez em quando.

— Ah, então me conta as novidades.

— Nada de mais. Só quebrei um dente esses dias...

— Não diga?
— Um caminhão passou por cima dele.
— Um caminhão?
— Sim, depois que caí da bicicleta, o dente pulou para fora da minha boca e o caminhão passou por cima.
— Isso deve ter sido muito divertido.
— Foi show! O dente ficou grudado no asfalto da rua lá de casa. Quer ir lá ver?
— Claro!

✳✳✳

Zoé adormeceu em meu braço enquanto brincávamos. Diante daquele fenômeno, percebi que bastava um minuto para que seus faróis se apagassem e as pálpebras da noite decaíssem sobre o mundo. Num minuto, acordado; no outro, solitário viajante através das imensas formações nebulosas que constituem o universo. Temos a impressão de que o sono dos bebês é eterno. Mas quem corre nessa estrada laboriosa sabe que o compasso que dá ritmo à canção da noite atravessa as cantigas do tempo e rompe o grosso campanário da relatividade. Quem já foi criança sabe que o tempo é invenção dos adultos.

— Para mim, levará horas para que acorde. Para ele, não demorará mais do que alguns segundos.

— É porque ele está em paz — disse minha mãe apagando a luz.

Na penumbra, podia ver uma marquinha de nascença em sua perna. Era uma marca pequena, igual à de minha mãe. Curioso, levantei o tecido de minha calça e encontrei os pelos de minha perna sob um universo de pequenas manchas brancas. O vitiligo certamente apagara esta prova de nossa consanguinidade.

Nesse momento, algo absurdamente estúpido passou pela minha cabeça. Era um fato tão estúpido que poderia tranquilamente ter passado despercebido por mim.

Coloquei Zoé no berço e peguei o retrato do Conrado bebê na caixa de madeira. Seu braço direito estava à mostra na foto. Nele, havia uma grande marca de nascença com tom um pouco mais escuro que a pele.

– O escritor tinha razão – eu disse. – O nosso cérebro está preparado para pensar nas maiores extravagâncias. Nunca no óbvio. Conrado tinha uma marca de nascença no braço, mas existe algo de errado com essa fotografia.

Fui até o armário e vasculhei os álbuns. Havia várias fotos recentes de Conrado. Em todas elas, era possível notar sua marca de nascença – uma bola pequena e escura localizada um pouco abaixo do ombro esquerdo.

– Como pode?

Os bebês da vizinhança ainda não tinham acordado. Sequer os passarinhos... e eu buscava coragem para bater na porta da casa de dona Adelaine.

Toc, toc, toc.

Fiquei surpreso em encontrar a mulher ainda acordada.
– Binho? O que faz aqui a essa hora?
– Desculpe, lhe acordei?
– Não. Desde que Conrado partiu, nunca mais consegui dormir. Venha, vou preparar um café para nós dois.

Portas fechadas, café quente na mesa, som de grilos e olheiras. Fazia quase um ano que eu não colocava os pés naquela casa.

– O cheiro dessa casa me lembra o Conrado – eu disse.

A mulher me apresentou o melhor de seus sorrisos tristes e balançou a cabeça positivamente.

– Preciso me mudar, ou vou enlouquecer – desabafou.

Fiquei pensando se deveria mostrar a foto para ela. Isso poderia aumentar seu sofrimento. Além do mais, ao fazer isso, teria que contar tudo que sabia sobre o enigma.

– Dona Adelaine, preciso lhe mostrar uma coisa.

Assim que mostrei a fotografia, Adelaine indagou:
– Onde conseguiu isso?
– É uma foto do Conrado. Ele deixou para mim numa caixa de madeira.

Adelaine apertou a boca e levantou as sobrancelhas:
– Sei...

Fiquei confuso por uns instantes. Logo em seguida, a mulher se levantou e se perdeu na escuridão de sua casa. Quando achei que não voltaria mais, me trouxe de lá de dentro outra foto de Conrado, com a mesma idade, na mesma posição.

– Eu tenho uma parecida com essa.

Para minha surpresa, nessa foto igualmente maltratada pelo tempo, o neném tinha uma marquinha pequena em formato circular abaixo do ombro esquerdo. Mas antes que perguntasse qualquer coisa, Adelaine disse:

– O Conrado era um bebê muito bonito, não é mesmo?

– Sim, era. Ainda não consigo perdoar aquele médico por tê-lo deixado partir. E agora, para meu desespero, ainda sou obrigado a me consultar com ele. Não entendo o motivo, afinal, ele é um oncologista. E oncologista, que eu saiba, é o médico que cuida de...

De repente, a terra parou de rodar. O *insight* foi tão grande que quase não pude me conter. Peguei as duas fotografias de que dispunha e as observei lado a lado. Eu não podia acreditar no que via. Olhei para dona Adelaine. A mulher mantinha uma expressão sentida, em sinal de culpa.

– Como pude ser tão cego?

Dona Adelaine pegou em meus ombros e me despertou do torpor:

– Escuta, Binho. Estou proibida de lhe ajudar. Mas quero que leve essa fotografia com você. Só assim desvendará por completo o enigma que Conrado lhe confiou.

Fiquei perplexo e precisei de alguns minutos para entender a situação.

— Quer dizer que a senhora...

— Sim, eu sei de tudo. O padre, a Cecília e sua mãe também sabem... mas cabe a você descobrir à sua maneira.

✳ ✳ ✳

— Bom dia, Binho!

Dona Lavinha, velha atendente da Biblioteca Municipal, não estava com bom humor naquela manhã. Eu teria que fazer um milhão de mesuras à funcionária daquele imenso santuário literário para convencê-la a apanhar vários livros de uma só vez. Mas, naquela manhã, eu estava com pressa e sem paciência para galanterias.

— Bom dia, dona Lavinha. Hoje, quero ler *A Gata Borralheira*, *Branca de Neve*, *Rapunzel* e *Chapeuzinho Vermelho*.

A mulher começou a resmungar:

— Ai, mas pra que ler tantas obras dos irmãos Grimm assim de uma só vez?

Fiquei mudo.

— O que foi, menino? — indagou a funcionária ao ver-me pálido.

— Como é que se chama o autor desses contos de fadas?

— Irmãos Grimm.

Sob os olhares atentos da bibliotecária, admirei as duas fotos que trouxera comigo e respirei sofregamente.

— Onde conseguiu essas fotos, menino? — indagou dona Lavinha, preocupada.

— Eu as ganhei — respondi.

— Acho melhor ligarmos para a sua mãe — disse a velha, retirando o pesado fone do gancho.

— Não, não faça isso — implorei. — Estou há meses tentando desvendar o mistério. Deixe-me ir até o fim.

Dona Lavinha me lançou um sorriso triste e, logo em seguida, concordou com a cabeça. Foi naquele momento que percebi que todos na cidade com um pouco mais de idade sabiam do acontecido.

— Mais alguma coisa, Binho?

— Sim, senhora. Preciso de dois volumes da *Enciclopédia Barsa*. Pesquisarei nas letras "V" de vitiligo e "G" de Grimm.

Eu ainda precisava passar no cartório da cidade e na igreja. Mas já sabia que tipo de pistas encontraria nesses locais.

※※※

Horas mais tarde, eu batia na porta do quarto de Cecília.

— Binho, o que houve? — ela indagou, assustada. — Como entrou aqui?

— Sua mãe me deixou entrar — eu disse, bufando de tanto correr. — Espero não estar incomodando.

— Não — respondeu Cecília, tirando a franja dos meus olhos, como sempre. — Por que está tão agitado?

Eu respirava rápido, cansado:

— Você estava lá no dia da palestra do escritor. Lembra-se de quais eram os passos para alcançar a felicidade?

— Sim, me lembro. Saber "quem eu sou", "para onde eu vou"...

— E o mais importante — concluí. — "De onde eu vim". Eu fiz pesquisas, Cecília. Eu fui à biblioteca e ao cartório. Até na igreja eu estive hoje para entender tudo. Não vou lhe perdoar jamais. Você sabia o tempo todo e não quis me contar. Mas eu descobri, Cecília. Descobri tudo sozinho, com a ajuda das cartas do Conrado.

Cecília colocou as mãos em meu rosto, acalmando-me.

— Binho, eu tentei contar tudo no hospital, mas você não deixou. Depois, vi sua mãe brigar feio com a dona Adelaine na igreja por sua causa. Dona Adelaine queria contar tudo para você e sua mãe foi contra. Por isso, preferi ficar calada.

— Quem foi que lhe contou?

As lágrimas pularam dos olhos de Cecília:

— Foi o Conrado.

– Quando foi que ele soube?
– No final do ano passado, quando ainda fazia tratamento na Fazenda Campo Verde.
– Foi na mesma época em que ele escreveu a primeira carta.
– Sim. Ele queria que você descobrisse apenas depois de sua morte.
– Por quê? Por quê? – indaguei revoltado.
Cecília tentou me abraçar:
– Calma, Binho. Tudo vai ficar bem.
No começo, tentei evitar o contato, mas o que eu queria mesmo era evitar os meus próprios sentimentos e acabar com a raiva que estava sentindo. Estava confuso, irritado e com medo, mas meu coração batia feito um tambor. E, além do mais, eu estava no quarto dela, na vida dela, com ela aninhada em meu peito.

Não deu para evitar. Abracei-a e nossas bocas se atraíram como se estivessem magnetizadas. Um beijo necessário, longo, ansioso, atrasado como todo bom beijo desajuizado e urgente.

O calor do corpo de Cecília me passava a sensação de conforto e de paz. Permanecemos ali, de pé, abraçados por vários minutos, adormecidos com nossas cabeças apoiadas nos ombros alheios, enquanto lá fora o vento uivava palavras raras de comemoração e certezas.

*\*\**

Ao chegar em casa, encontrei minha mãe pulando de alegria com um papel nas mãos.

– Ai, graças a Deus, graças a Deus! Pensei que meu mundo fosse ruir, mas agora está tudo bem. Graças a Deus!

– Por que está comemorando, mãe? – indaguei ao entrar na sala. – Pelo visto, chegou o resultado do meu exame. Deu negativo para câncer de pele?

– Do que está falando, meu filho? – estranhou.

– O Conrado me deixou cartas, mãe. Na primeira, ele anexou um trevo de quatro folhas do Rancho Novelo de Lã e fez alusão à "estrada de tijolos amarelos", uma estrada metafórica que, segundo Lyman Frank Baum, autor de *O Mágico de Oz*, é capaz de levar pessoas perdidas à segurança de seu verdadeiro lar.

Senti minha mãe petrificar. Peguei a segunda carta do Conrado e li um trecho:

– "Os melhores contos de fada do mundo foram escritos por artistas verdes como nós. Eles também ficaram "blue" quando se separaram". Os artistas a que ele se referia – expliquei – eram os Irmãos Grimm, escritores alemães que viveram no século dezoito. O nome deles lembra a palavra "verde" em inglês. Por outro lado, eles ficaram "blue", ou seja, ficaram tristes porque perderam três de seus irmãos durante a juventude. Conrado usou um trevo de quatro folhas e o nome dos Irmãos Grimm para chamar a minha atenção para o nome dos antigos fundadores do Rancho Novelo de Lã.

– Como você soube disso?

— Sem que você soubesse, visitei a Fazenda Campo Verde, único local no Estado a cultivar trevos de quatro folhas. Hoje, fui ao cartório e descobri que aquele imóvel pertenceu a um casal alemão de sobrenome Grimmald's, donos do antigo Rancho Novelo de Lã.

Imediatamente, passei as duas fotos para minha mãe analisar.

— Onde você conseguiu essas fotografias?

— Uma foi Conrado que me deu. A outra, foi dona Adelaine.

— Aquela traidora!

— Não faça isso, mãe. Dona Adelaine não me contou nada. Eu mesmo descobri tudo sozinho.

Coloquei as duas fotos lado a lado. Juntas, se encaixavam perfeitamente.

— No começo, achei que se tratava de duas fotos do mesmo bebê, mas não demorei a perceber que havia diferenças entre as imagens. O sinal de nascença no braço de cada bebê é diferente. Logo, percebi que se tratava de uma única foto com dois bebês cortada ao meio. O bebê com uma marquinha no braço esquerdo é o Conrado. O outro, com a marca maior, no braço direito... sou eu!

Minha mãe não disse nada. Permaneceu muda, aflita, com os olhos cheios de lágrimas. Segui com minha descoberta:

— Fui cego por não perceber as pistas. Na carta, Conrado dizia "você é e sempre será meu braço direito.

Sua marca no mundo é maior do que a minha". Ele chamava atenção para a verdadeira identidade do bebê com a marca de nascença maior no braço direito.

Com raiva, tirei a camisa e passei a mão esquerda no braço esbranquiçado pelo vitiligo.

– Veja por que não consegui ver o óbvio! O vitiligo apagou a minha marca de nascença quando eu ainda era um garotinho.

– Eu sei! Eu sei! – limitou-se a dizer minha mãe, já aos prantos.

– Depois dessa descoberta – continuei –, fui à igreja para procurar fotos do casamento dos Grimmald's. Descobri que os dois casaram-se na Alemanha. Mas seus filhos, nascidos no Brasil, foram batizados na igreja de nossa cidade por um velho amigo alemão: o padre. Ele havia me dito para voltar à igreja apenas quando o enigma fosse revelado. Hoje, o padre não teve alternativa, a não ser me mostrar os registros fotográficos das crianças batizadas. Qual foi minha surpresa quando percebi que eram idênticas aos bebês desta fotografia!

– Como foi que descobriu tudo isso sozinho? – indagou minha mãe.

– Simples – respondi. – Qual seria o motivo para você me levar ao médico do Conrado? Por que estava sendo tratado por um oncologista? Voltei à biblioteca e descobri que o melanoma metastático, doença que matou Conrado, é genético e se origina em manchas, pintas e sinais que as pessoas têm no corpo. Descobri também que 10% das pessoas que têm câncer de pele também têm algum tipo de vitiligo. E o que mais me impressionou foi esta parte do texto...

Retirei do bolso um papel com a transcrição da *Barsa*:

– "Isso acontece porque o organismo cria anticorpos que atacam o melanócito na tentativa de defender o organismo das células malignas do tumor, produzindo lesões típicas do vitiligo". Na prática, o texto sugere que o vitiligo, essa anomalia que sempre odiei, estaria me salvando do câncer.

Fechei os olhos e imediatamente lembrei-me da última visita que fiz a Conrado no hospital. Eu reclamara das manchas brancas no rosto e ele, ciente de que se tratava de minha salvação, rebatera:

– *Quisera eu ter vitiligo.*

Olhei para minha mãe e disse com tom inquiridor:

– Ao descobrir tudo isso, pensei: "Se eu tivesse câncer, minha mãe me contaria, não é?". Mas a resposta era "não". Afinal, você nunca foi minha mãe de verdade! Conrado sabia que eu ficaria "*blue*" após a morte dele, da mesma forma que os Irmãos Grimm um dia também ficaram com a morte de seus irmãos. Sempre considerei o Conrado como um irmão... Mas agora eu sei que ele era um irmão de sangue, um irmão de verdade! Nós somos filhos do casal Grimmald's, antigos donos do Rancho Novelo de Lã, que agora é chamado de Fazenda Campo Verde. Conrado e eu somos os Irmãos Grimm, como todos costumavam nos chamar na época. O melanoma metastático tem origem genética. Conrado sabia desde dezembro que morreria de câncer e quis me alertar para que eu tomasse cuidado com essa doença antes que fosse tarde demais. Para minha sorte, meu vitiligo, essa doença que sempre odiei, foi o que me protegeu das células cancerígenas. O meu vitiligo foi mais fiel do que você, mãe!

Minha mãe chorava copiosamente. Continuei feito uma metralhadora:

– Um escritor me disse lá na escola para eu tomar cuidado com os detalhes deste mistério, pois o cérebro humano está preparado para pensar nas maiores extravagâncias, mas nunca no óbvio. O óbvio para mim é doloroso, porque mostra que vivi uma grande mentira. E foi você que escondeu essa mentira de mim.

– Mas eu fiz tudo isso só pra proteger você! – exclamou minha mãe.

As lágrimas começaram a pular dos meus olhos.

– Se não posso confiar em você, em quem mais? Você me deve uma explicação, mãe! Eu sei quem eu sou, para onde eu vou e mereço descobrir de onde eu vim!

Após o discurso inflamado, estava tão cansado que precisei me sentar no sofá da sala. Minha boca estava seca e meu estômago revirado.

– Eu sei, meu filho. Eu sei. Eu não queria que você descobrisse as coisas dessa forma. Eu não queria que você sofresse. Já era difícil para você perder o melhor amigo. Imagina se descobrisse que se tratava de seu irmão de sangue? Eu teria que falar também de seus pais biológicos. O momento era delicado! Foi por isso que contratei o psicólogo. A minha intenção era prepará-lo para receber essa notícia da melhor maneira. Mas nunca poderia imaginar que você fosse descobrir tudo isso sozinho. Nunca!

Tentei me reequilibrar, respirei fundo e indaguei:

– Conrado e eu temos a mesma idade. Isso significa que somos gêmeos?

Minha mãe também tentava se acalmar:

– Sim. Você e o Conrado são irmãos gêmeos não idênticos, mas nunca comemoraram o aniversário de vocês na data certa.

– Se somos gêmeos não idênticos, por que éramos tão parecidos quando crianças?

– Na primeira infância, era muito fácil confundir vocês. O que diferenciava os dois eram as marquinhas que tinham no braço. Sua mãe dizia que, com essas marcas, vocês jamais se perderiam dela.

Imediatamente, lembrei-me do que Conrado escrevera na segunda carta: "sua marca no mundo é maior do que a minha. Aproveite para não se perder jamais". Ele fazia alusão à nossa mãe biológica e reafirmava sua fé em meu futuro.

– Os Grimmald's nos abandonaram? – indaguei.

– Não – respondeu minha mãe. – Eles os amavam mais do que tudo.

– Então, o que houve?

Eu senti que minha mãe estava aliviada por finalmente poder contar aquela história guardada por tantos anos. Após dar um gole num copo de água com açúcar, pegou a foto partida no meio e, olhando para ela, deu início à explicação:

– Quinze anos atrás, Adelaine e eu fomos chamadas de madrugada pelo padre. Foi com tristeza que soubemos que nossos patrões, donos do Rancho Novelo de Lã, tinham sofrido um terrível acidente de carro. Os únicos sobreviventes da batida foram os dois passageiros do banco de trás: os seus bebês gêmeos.

Na mesma hora, lembrei-me dos pesadelos que me atormentaram durante toda a vida: o clarão, o barulho ensurdecedor e o frio. Senti um choque terrível na coluna e meu corpo gelou. Minha mãe, preocupada, pegou na minha mão.

– Está tudo bem?

Eu estava atônito:

– É por isso que Conrado vivia dizendo que somos meninos de sorte. Nós sobrevivemos a um acidente fatal!

– Sim, foi um milagre – disse minha mãe, como se revivesse o momento. – Os Grimmald's não tinham parentes no Brasil. Em testamento, o casal determinara que, em caso de morte, a guarda de seus dois filhos deveria ser passada para a governanta da casa e para a babá das crianças, ou seja, Adelaine e eu.

Permaneci mudo, em estado de choque. Minha mãe continuou:

– Adelaine e eu fomos morar com vocês no Rancho Novelo de Lã. O local tinha uma enorme plantação de trevos de quatro folhas e era mantido graças à produção e venda de amuletos da sorte.

*Déjà vu*. Não demorou muito e comecei a me lembrar do sonho que tive: a plantação de trevos, minhas mãos acariciando as plantas e, ao longe, o casarão que parecia inalcançável. Percebi, naquele momento, que aquele sonho não fora premonitório, como supus ao visitar a Fazenda Campo Verde, e sim uma lembrança oculta com imagens antigas emolduradas pela memória.

Minha mãe seguiu com as explicações:

– Depois do acidente, as pessoas pararam de comprar os trevinhos do nosso rancho por acreditar que trouxeram má sorte à família que os cultivava. Passamos dificuldades. Foi aí que Adelaine e eu decidimos vender aquelas terras para um fazendeiro interessado em transformar o local num Centro de Terapia para crianças e adolescentes. Achamos a ideia formidável. Foi nessa época que tiramos essa foto de vocês dois. Logo, percebemos que você se dava melhor comigo e o Conrado com a Adelaine. Naturalmente, cada uma buscou o seu próprio caminho após a venda do imóvel, mas sempre moramos perto uma da outra para que vocês pudessem se ver. Nosso maior erro foi não ter contado para vocês que nós éramos mães adotivas. Peço-lhe perdão por isso, meu filho, mas é tão difícil contar uma verdade tão cruel a uma criança que ainda não entende como as coisas funcionam! Depois que Adelaine contou para o filho toda a verdade, me pressionou a fazer o mesmo.

Ela tinha medo que você também desenvolvesse a doença, mas eu preferi não contar nada. Chegamos a ter brigas sérias por causa disso. Provavelmente foi por esse motivo que o Conrado tomou para si a obrigação de contar tudo para você através desse enigma.

– Se o Rancho Novelo de Lã era de vocês, por que seu nome não constava nos registros da Prefeitura? – indaguei desconfiado.

– Não tínhamos dinheiro para registrar o imóvel em nosso nome e por isso preferimos vendê-lo por um preço mais baixo. Anos mais tarde, os novos proprietários solicitaram o registro daquelas terras à Prefeitura, alegando o chamado "usucapião", que é quando uma pessoa ocupa uma propriedade e paga suas despesas até garantir o direito de permanência e de registro. Um dia, o proprietário da Campo Verde me procurou e me pediu para ensiná-lo a plantar os trevinhos de quatro folhas. Queria comercializar os amuletos e aumentar a renda de sua fazenda. Aceitei ensinar as técnicas de plantio, mas com uma condição: que 10% do valor arrecadado mensalmente com os trevos fossem depositados em uma conta bancária registrada em seu nome e em nome do Conrado. Por sorte, o comércio de amuletos prosperou! Quando Conrado ficou doente, Adelaine precisou sacar metade do dinheiro para o tratamento. Foi assim que Conrado tomou conhecimento sobre o seu passado, pois sua mãe precisou justificar para o Hospital e para a Receita Federal a origem dos recursos. Quando Adelaine descobriu que o sinal na pele do

Conrado havia se transformado em câncer, também começamos a fazer os exames preventivos em você. A batelada de exames mostrou que todas as pintas e manchas do seu corpo são benignas e não apresentam perigo à sua saúde.

— Então, eu não estou doente? — indaguei, aliviado.

— Não — respondeu minha mãe. — Seu médico me avisou há duas semanas que sua pele é extremamente saudável. Você tem a mesma anomalia hereditária de seu irmão, mas ela não progrediu na direção do câncer e se manifestou apenas na condição de um vitiligo.

— Mas, e os sintomas que tive? — perguntei, preocupado.

— Bom... o médico não quer admitir isso, mas estou quase certa de que seus sintomas mais recentes foram causados pela dor da perda e pelo profundo carinho que você sente por seu irmão. Sempre ouvi falar que gêmeos costumam sentir as mesmas emoções e intuições, mas seu médico não aceita esse argumento, pois não está provado cientificamente. Vocês compartilharam do mesmo útero; logo, dividiram muita coisa. A intimidade entre dois irmãos gêmeos é quase orgânica, visceral!

— Faz sentido, se pensarmos que eu tive os mesmos sintomas que o Conrado.

— Isso sem contar a avassaladora paixão pela mesma menina.

Apesar do choro, minha mãe apresentava um sorriso de alívio no rosto.

– Então, aquele papel na sua mão...
– Era o meu contracheque. Recebi uma promoção e um aumento. Finalmente teremos mais dinheiro. A vida vai melhorar, meu filho. Eu prometo!

Com calma, minha mãe leu as cartas de Conrado. Depois, passou as mãos em meus cabelos e disse, com tom consolador:

– Conrado tinha razão, quando escreveu que "a vida resguardou coisas muito boas pra você". A sua parte da pequena fortuna permanece na sua conta. Ela aumenta e rende juros todos os meses. Mesmo nos momentos de maior dificuldade, jamais coloquei a mão nesse dinheiro. Ele é só seu! É um presente que seus pais biológicos deixaram pra você. E eu tenho tanto orgulho de você, meu filho. Você é um bom aluno, um cavalheiro e um verdadeiro artista. Saberá o que fazer com esse dinheiro.

Naquele momento, eu não estava nem um pouco preocupado com o dinheiro. Havia outro fato que me chamava a atenção:

– Sempre quis ter um pai. Agora, ao menos, sei quem ele é.

Minha mãe chorou um pouco e disse:

– Sim! E ficará contente em saber que o senhor Grimmald's era um verdadeiro *gentleman*. Ele era moreno, alto, intelectualizado e totalmente apaixonado por literatura, como você. Gostaria de ver fotos dele?

– Sim.

Minha mãe me levou até o sótão da nossa casa e abriu um velho baú. Ali ela mantinha várias lembranças de meus pais biológicos, principalmente suas fotos. Percebi que era muito parecido com meu pai. Já Conrado, era mais parecido com a nossa...

– Espera, eu conheço essa mulher – falei com o coração aos pulos.

– Impossível! Você era muito pequeno quando sua mãe biológica faleceu.

– Mas... qual é o primeiro nome dela?

A resposta eu já sabia.

– Raquel.

– Ela era enfermeira? – indaguei com os olhos marejados.

– Sim, trabalhava voluntariamente no hospital de nossa cidade. Como soube disso?

– Foi apenas um palpite.

No vão das impossibilidades, eu podia ver claramente, com os olhos acesos em brasa, meu querido irmão de mãos dadas com um casal de fino porte. Ali, entre brincadeiras, carinhos e afagos, podiam se regozijar por estarem finalmente juntos, sob as bênçãos de Deus.

– Ele pegou a verdadeira estrada de tijolos amarelos – concluí com os olhos cheios de lágrimas. – Foi pra casa. Finalmente, está bem!

# EPÍLOGO

Deitei-me sobre um tapete de folhas secas e encontrei conforto para os meus dias. As aves gorjeavam em algum lugar e o tempo cobria-se com a bruma rala do alvorecer de outono. O manto celeste estava corado pelo sol e a seiva da natureza inundava o chão. Senti cheiro de terra molhada. De repente, um vento frio fez cócegas nas árvores agitadas. Os insetos em marcha caminhavam em direção ao seu castelo de areia. O solo musical de um rio emoldurava a paisagem daqueles montes feitos de parnasos. Nada encobria o canto das cigarras suicidas. Eu sentia saudades das antigas paragens cristalizadas em meu peito e conseguia, mesmo após tantos anos, ouvir a contação de histórias de minha avó. Sim, deitei-me sobre o tapete de folhas secas e encontrei conforto para os meus dias. Não poderia suportar o medo de viver doravante tão somente para suportar o peso do passado e preencher os hiatos do futuro.

Minha roupa branca contrastava com a cor esmaecida da atmosfera. A calça alinhava-se perfeitamente com minha silhueta, meu terno acariciava como seda a pele morena manchada pelo vitiligo. Minha barba estava com o corte mais bonito, minhas olheiras – conquistadas como troféus após anos e anos de labuta literária – haviam desaparecido com um passe de mágica.

Os minutos corriam como gotas de orvalho matinal que pingam da pétala de flor. A ansiedade era de busca, de espera, de reencontro. Aqui e ali, alguns ciscos de luz vibrantes rasgavam os céus remetendo-me à imagem de estrelas cadentes. Em minhas mãos, nada a oferecer, apenas abraços reprimidos. No trotear dos segundos, a mansidão guardada no peito de quem muito chorou. A natureza primitiva de meus pecados já não era dona de todos os infortúnios de minha vida.

Ao primeiro sinal de sua caminhada pelo espaço, advindo de algum lugar do horizonte, senti vibrar a parede percussiva de meu peito. No coração, uma espécie de bumbo leguero pontuava com ritmo e beleza uma orquestração de sentimentos inefáveis. A mistura de cores e de sons, de cheiros e visões, tornava turva a visão deste paraíso, como se, por um instante, todo o caos descrito na mitologia pudesse alcançar as pequenas desordens de meus dias.

– Olá, Binho.

Posso dizer com tranquilidade que jamais conheci Conrado. A despeito de nossos primeiros passos, de nossas primeiras palavras, de nossos berços tão amigos, não conseguiria reconhecer aquele adulto de cabelos castanhos e porte majestoso.

– Sou eu, Conrado.

– Conrado?

Meu verão alcançou sua primavera em um longo abraço. No rosto, o beijo estampado. Ali, meus desatinos de vida tornaram-se grãos de areia. As palavras não saíam da boca que só chorava. No peito de quem cresceu, a certeza vívida de que nossas infâncias permaneceriam intactas sobre o lume de nossas memórias.

No intervalo das emoções, a razão, sempre a razão dilacerando-me a alma:

– Diga-me, como esse encontro é possível?

No rosto do meu belo irmão, o motivo era transpassado por telepatia:

– Hoje é dia de nosso aniversário. Por isso, vim pedir-lhe um presente. Quero que abra a última carta.

– Não posso, Conrado, não posso. Peça-me qualquer coisa, menos isso, eu lhe imploro.

– Já se passaram 30 anos. É hora de abrir a última carta.

Olhei para meu corpo adulto. Não havia percebido que embrutecera com tão longa caminhada. Longe da efemeridade de nossa juventude, percebi, absorto, que Conrado mantinha a beleza inequívoca de nossos tempos pretéritos.

– Se eu abrir a última carta, colocarei um ponto final em nossa história.

– Assim poderemos começar outra – respondeu Conrado, apontando para cima. – Para isso, não há melhor escritor.

Permaneci mudo, enquanto as folhagens envergavam com o vento. As árvores perdiam suas folhas e eu me mantinha debruçado sobre a dúvida.

– Abra a última carta – disse Conrado.

E diante de meus olhos atônitos, meu irmão metabolizou vento e terra numa espécie de redemoinho. Seus braços ganharam proporções diminutas, seu rosto se afinou, suas pernas encurtaram. Não mais um senhor de voz grossa e andar presumido. Conrado recuperara as feições de criança e, arisco como lagarto do deserto, riscou o chão em uma corrida desenfreada.

– Vem, Binho, vem!

Tentei acompanhar o pinote, com a força propulsora de minhas velhas pernas. Não demorou, o fôlego findou em meus pulmões e, de longe, avistei o rapazinho que ilustrava com esmero a beleza poética de Casimiro de Abreu: "Oh que saudade que tenho, da aurora da minha vida, da minha infância querida...".

Acordei aos solavancos, tomado pela asfixia e pelo pânico de nunca mais poder vê-lo. No escuro, tateei o criado-mudo em busca de meus óculos. Cecília sonhava com algo bom, pois seu rosto, como sempre, apresentava o melhor de seus sorrisos. Pé ante pé, fui até a sala, onde adormeciam os retratos de meus filhos, de minha mãe adotiva, de Conrado e de meus pais biológicos. Numa mesa especialmente iluminada, destacava-se a foto dos dois bebês ao lado da antiga caixa de madeira. As pequenas dobradiças da caixa estavam tão enferrujadas que não faziam mais cerimônia em denunciar meus arroubos de nostalgia durante a madrugada. Uma vez aberta a caixa, apoderei-me da última carta de Conrado e, despetalando-me, rompi seu lacre.

Não passava das dezesseis horas no paraíso. Ali, o tempo era sempre ameno e agradável. Meus passos pela vegetação se fizeram notar no horizonte, onde brincavam algumas crianças. Pude reconhecer Cecília com sua bolsinha a tiracolo brincando com Plauto, meu cachorro malhado. Conrado colhia algumas flores e eu, iluminado com a visão de tamanha felicidade, obriguei meus pés a lutar contra a gravidade. Assim que me vi galopando morro abaixo, em direção ao grupo, percebi que minhas mãos estavam diminutas, minhas calças estavam curtas, meu queixo liso e meus olhos cheios de inocência.

Embalado por tão belo sonho, voltara a dormir, dessa vez no sofá da sala com o rosto iluminado por um sorriso. Em minhas mãos, a terceira carta aberta revelava um desenho de Conrado. Na imagem, éramos eternas crianças. E estávamos abraçados.

Pois éramos muito amigos, irmãos revelados.

Capa, projeto gráfico e ilustrações: Marco Cena
Revisão: Sandro Andretta
Produção Editorial: Bruna Dali e Maitê Cena
Assessoramento Gráfico: André Luis Alt

Dados Internacionais de Catalogação na Publicação (CIP)

R787m   Roriz, João Pedro
        O mistério das quatro estações. / João Pedro Roriz.
        – 2.ed Porto Alegre: BesouroBox, 2020.
        128 p.: il.; 14 x 21 cm

        ISBN: 978-85-5527-033-8

        1. Literatura infantojuvenil. 2. Novela. I. Título.

CDU 82-93

Bibliotecária responsável Kátia Rosi Possobon CRB10/1782

Direitos de Publicação: © 2020 Edições BesouroBox Ltda.
Copyright © João Pedro Roriz, 2020.

Todos os direitos desta edição reservados à
Edições BesouroBox Ltda.
Rua Brito Peixoto, 224 - CEP: 91030-400
Passo D'Areia - Porto Alegre - RS
Fone: (51) 3337.5620
www.besourobox.com.br

Impresso no Brasil
Janeiro de 2020